12306之恋

——"时代楷模"单杏花纪事

黄丽荣　李木马◎著

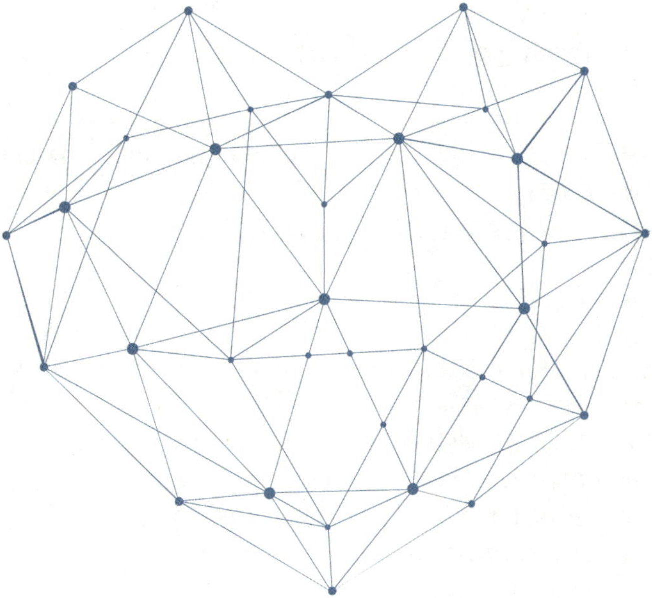

中国铁道出版社有限公司
CHINA RAILWAY PUBLISHING HOUSE CO., LTD.

图书在版编目（CIP）数据

12306之恋 ：“时代楷模”单杏花纪事 / 黄丽荣，李木马著. -- 北京 ：中国铁道出版社有限公司，2024. 12.
ISBN 978-7-113-32048-5

I. K826.16

中国国家版本馆CIP数据核字第2024C1Z397号

书　　名：12306之恋——“时代楷模”单杏花纪事
作　　者：黄丽荣　李木马

责任编辑：王　鑫　周雨晨　　　　**编辑部电话**：（010）51873659
装帧设计：郑春鹏
图片供稿：中国铁道科学研究院集团有限公司
责任校对：苗　丹
责任印制：高春晓

出版发行：中国铁道出版社有限公司（100054，北京市西城区右安门西街8号）
网　　址：https://www.tdpress.com
印　　刷：北京盛通印刷股份有限公司
版　　次：2024年12月第1版　2024年12月第1次印刷
开　　本：880 mm×1 230 mm　1/32　**印张**：8.25　**字数**：169千
书　　号：ISBN 978-7-113-32048-5
定　　价：88.00元

目录

中共中央宣传部关于授予单杏花同志“时代楷模”称号的决定

单杏花，女，汉族，1974年3月生，江西婺源人，中共党员，现为中国铁道科学研究院集团有限公司首席研究员，博士生导师。她坚持面向国家重大需求，聚焦专业领域，致力于我国铁路客票系统研发20余年，主持铁路运输组织、旅客服务、收益管理理论和技术研究，带领团队将12306系统建设成为全球交易量领先的超大型实时票务系统，为我国铁路数字化智能化发展作出了突出贡献，赢得了社会广泛赞誉。荣获“全国三八红旗手”“最美铁路人”“最美奋斗者”等称号。

单杏花同志是践行人民铁路为人民理念，以科技创新赋能交通强国建设的先锋模范，她的先进事迹充分彰显了共产党员奋进新征程、建功新时代的使命担当，集中展示了新时代科技工作者勇攀高峰、敢为人先的创新精神，生动体现了广大铁路职工奋力加快建设交通强国、努力当好中国式现代化开路先锋的坚定追求。为宣传褒扬她的先进事迹，中共中央宣传部决定，授予单杏花同志“时代楷模”称号，号召广大干部群众特别是科技工作者、铁路工作者以“时代楷模”为榜样，更加紧密地团结在以习近平同志为核心的党中央周围，深入学习贯彻习近平新时代中国特色社会主义思想，全面贯彻落实党的二十大和二十届二中、三中全会精神，深刻领悟“两个确立”的决定性意义，增强“四个意识”、坚定“四个自信”、做到“两个维护”，坚持走中国特色自主创新道路，积极投身科技强国、交通强国建设，志存高远、爱国奉献、矢志创新，为以中国式现代化全面推进强国建设、民族复兴伟业不断作出新贡献。

中共中央宣传部授予单杏花同志“时代楷模”称号

绪章

中国，铁路购票长龙悄然解散

12306是一个“旅客网络大家庭”

亿万人在此安家落户，其乐融融

12306的伙伴们说

解散火车站的“购票长龙”

让旅客购票变得便捷又轻松

就是我们的初衷……

“复兴号奔驰在祖国广袤的大地上”，习近平总书记在2018年新年贺词中，以诗一般的语言，为中国高铁点赞。的确，复兴号如大地织锦一般穿梭于祖国的江南塞北，中国铁路迈入高铁时代，人畅其行、货畅其流逐步变为现实。“中国高铁”“复兴号”“12306”“重载铁路”等“铁路热词”成为人们口口相传的“时尚热词”。

本书讲述的就是家喻户晓的铁路12306，及其背后的“最强大脑”——单杏花。

铁路12306只是大家叫惯了的简称，它的全称是中国铁路客票发售与预订系统，作为全球最大的票务交易系统，已经有超过7.2亿用户在此“安家落户”，年售票量超过40亿张，一张张小小的车票，首尾相连可绕地球9圈。

互联网时代，百姓上了网，民意就跟着上了网。车票上了网，旅客的注意力和关注度也就上了网。

十几年来，越来越多的旅客通过铁路12306购票，再不用来回奔波或在漫长的排队中等待，打开手机谈笑间就可以把购买火车票的事轻松搞定。通过铁路12306系统，铁路互联网售票量比例达到85%以上，单日最高达到90%以上。今天，我们可以说，在中国购买火车票，十有八九是通过铁路12306。

“15年前，为了买到一张春节回家的火车票，我在火车站待了两天两夜。”在北京打拼20余年的一位旅客回忆道。网络购票出现前，不少人带着小板凳、小褥子在售票窗口前打地铺通宵排队，排队的“长龙”能甩出几公里远。

2024年1月25日，铁路12306系统创下春运单日最高售票量——

2090.1 万张。龙年春节前售票高峰期，铁路 12306 系统的注册用户日均成功登录 3584.2 万人次，单日最高成功登录 4489.8 万人次；日均页面浏览量达 622.1 亿次，单日浏览量最高达 875.6 亿次。

每秒出票 300 至 500 张，高峰期可达 1400 多张，铁路 12306 系统的用户从提交需求到出票只需要 2.8 秒……这个平稳运转的购票系统，是目前世界上规模最大的智能购票系统。

而在铁路 12306 系统的幕后，是一支默默奉献的科技团队，他们筚路蓝缕，接力奔跑，攻坚克难，百折不挠，完成了铁路电子客票系统从无到有，而后逐步完善、升级的华丽转身。中国铁道科学研究院集团有限公司首席研究员、中国铁路 12306 科创中心副主任单杏花，就是这个团队的领军人物和杰出代表。自 1996 年单杏花加入铁路客票系统研发团队，开始探索计算机售票至今，中国铁路客票系统在广阔的事业舞台上实现了四次华丽转身，即：手工售票向计算机售票转变；车站独立售票向全国车站联网售票转变；窗口售票向互联网售票转变；纸质车票向电子车票转变。现在，作为 12306 互联网售票、手机售票、车票实名制、“刷脸”进站等铁路客运相关研究领域的技术攻关带头人的单杏花，多年来，始终以“咬定青山不放松”的韧劲，承前启后，攻坚克难，带领团队逐步打造出世界上最大的网络票务平台。

单杏花带领团队进行技术研讨

第一章

挑战，上线的考验

这是筚路蓝缕的开拓
这是从零开始的征程
如何运用计算机网络技术
让亿万旅客更便捷地购票、出行
一直是中国铁路客票人
魂牵梦绕的大事情

亮相，在焦灼的呼唤中

年龄稍长一些的人都知道，过去乘火车出门，真是不容易，特别是能够买到一张车票，更是不容易中的不容易！

那时候，乘火车出门之前，要先跑一趟火车站去排队买票，排着长队，一点一点往前挪，时不时踮起脚尖巴望着，排上一天半天是常事。特别是到了春运和节假日客运高峰期，很多车站的“购票长龙”排得望不到头，甚至有的旅客带着铺盖卷在车站售票室熬上几天几夜才能买到一张朝思暮想的火车票。

众所周知，铁道线是固定的，运输能力也是有限的。我们国家一直在努力修建铁路和增开列车。从 1984 年的 5.4 万公里到 2024 年 9 月 14 日的 16 万公里，近 40 年时间，中国铁路的营业里程增加了近 2 倍。特别是中国高铁，营业里程已经达到 4.6 万公里，占全世界高速铁路总和的 70% 以上。

另一方面，铁路客运量受诸多因素影响，与铁路运力形成一定的矛盾性。就好比一家饭店，盖多大房子，摆多少张桌子，是按平时的上座率呢，还是按逢年过节时激增的客流需求？铁路系统几十年来一直在努力回答这道“大众考题”。

铁路系统在持续提升运力的同时，也一直在努力优化客票发售方式，尽最大努力让旅客购票更方便、更快捷。如果说早期开发的铁路客票系统解决的是车票合理配置和提升售票速度的问题，那么由于客运能力远远不能满足客流高峰期的客运需求，导致旅客排长队买票的难题依然存在，使得客流高峰期和紧俏线路“一票难求”的问题仍然没有从根本上解决。

随着互联网时代的到来，铁路科研人员很早就在思考，如何利用互联网和大数据实现网络购票，一方面让客票资源实现科学配置，另一方面让旅客购票免受奔波劳累之苦。

实名制购票，为网络售票提供了可能。

长期以来，社会各界一直强烈呼吁实名制售票。人们呼唤实名制，其实也是在呼唤公平与透明。

早在 2009 年春运期间，铁路部门就开始在广州、成都进行实名制售票试点。但由于支付成本高、人力紧张等原因，实名制售票一直是艰难前行，直到 2010 年才在全国各火车站铺开。

其实，针对铁路车票实名制铁路内部一直有争论。反对方认为，实名制售票既不可能多产生一个席位，还要投入大量的财力和人力，费时费力，得不偿失。倡导方则认为，实名制能为铁路运输保驾护航，不但能解决公平售票问题，赢得民心，还能有效防止“黄牛党”不法行为的横行。

当时，铁路部门的主要工作是提高铁路运能。由于推行实名制售票难度大，一时间“黄牛党”猖獗，旅客怨声载道。尽管铁路部门多方努力，但直到2011年春运期间，全国许多车站旅客排长队购票的现象仍然很普遍。

那时，每到春运，许多车站的广场上都搭建起临时售票棚，旅客通宵达旦地排队购票，售票窗口昼夜不停地售票，售票员嗓子哑了也不敢喝水，因为没有时间上厕所。尽管如此，还是遭到不少旅客的埋怨和质疑。

2008年京津城际铁路开通之后，一条条高铁线建了起来，动车组列车多了起来，运力紧张的情况有所缓解，但旅客有时还是买不到票。这是为什么？这不仅仅是出行人数增多、运能与运量不适应的问题。

人们要求公平享有公共资源，已经成为一种时代呼唤。铁路客运体制机制改革势在必行。只有真正树立“以服务为宗旨、待旅客为亲人”的理念，积极推进实名制和互联网售票，推出一系列便民服务新措施，等等，才能让旅客走得了、走得好。

2011年春运结束后，铁道部决定研发以铁路12306系统为标志的新一代客票系统。

这项艰巨任务落在了当时的铁道部中国铁道科学研究院（以下简称铁科院）肩上。铁科院现已更名为中国铁道科学研究院集团有限公司，始建于1950年，茅以升等很多老一代科学家都曾在这里工作，是中国铁路科学技术的“象牙塔尖”。作为中国铁路唯一的多学科、多专业的综合性研究机构，现已发展成为集科技创新、技术服务、成果转化、咨询监理、检测认证、人才培养等业务为一体的大型科技型企业。

铁科院领导将这项艰巨的任务交给单杏花所在的技术团队。

其实，早在 1996 年铁科院就组建了以开发电子客票为方向的科研团队，并取得了一系列成果，为推进实名制和互联网售票奠定了坚实基础。

推进实名制和互联网售票，对铁路客票人来说，是一项革命性的全新挑战，甚至可以说是一项全新的事物，好奇、神秘，兼而有之。大家都隐隐感觉到，他们要干一件从未有人干过的很有意义的大事，心中燃烧着激情与梦想的火苗，他们摩拳擦掌、并肩携手踏上了新的征程。

传统的售票逻辑规则加入“实名制售票”的要求，信息量呈几何倍数增加，人名、身份证号、购票记录等，庞大的数据如隐形的洪流，进入一个虚拟的“大水库”。然后这个“大水库”再将这些数据与既有的系统和数据兼容，形成一个全新的更加庞大的数据整体，可以想象，这无疑是一个超大型数据仓库了。

单杏花感觉仿佛进入一个虚拟天地，需要以全新的观念、视角、手段，才能逐渐适应这全新的科学劳动，这是她从前根本没有触及过的工作内容。如何编写这些海量的、庞杂的数字代码，如何保障这个虚幻的庞然大物般的客票网有序高效运行？如何争分夺秒地学习充电，让自己成为一个“新我”，以适应这巨大而崭新的工作任务……成为团队技术成员共同面临的挑战。

锚定一个方向，接下来就是一个字——干！

团队展开了一场又一场攻坚战，让智慧的“发动机”转动起来，不断厘清思路、摸索规律，以完善售票系统、分阶段推进互联网售票工程为方向，从需求分析、流程梳理到结构设计，再到研发、测试、部署、调试……稳步推进，逐项击破，相继完成京津城际铁路、京沪高铁动车组列车互联网售票，直至全国所有旅客列车的互联网售票。

这是一个值得被中国铁路客运史记载的日子。2011 年 6 月 12 日，铁路 12306 系统正式启用，我国第一条时速 350 公里的高速铁路——京津城际铁路北京南站至天津西站的高铁开始互联网售票。这也标志着中国铁路自此拉开电子商务时代的帷幕。

说起铁路 12306，很多人都很好奇，这组数字代号是怎么来的，有什么寓意呢？单杏花微笑着说：“这个号码是当时铁道部向工业和信息化部申请的中国铁路客户服务中心的电话号码，按工业和信息化部管理规定，政府服务咨询电话都是‘123’打头，后两位数则是铁道部挑选的。后来铁路客票系统网站和手机 App 也都取名为铁路 12306。至于说寓意，六六大顺嘛，就是希望每位旅客出行平安顺畅……”

互联网售票第一天，是个开门红的好日子，当天通过网络售票 1000 多张，整个过程非常顺利，没有出现系统卡壳等异常情况。这让单杏花和伙伴们感到非常有成就感，甚至有一种前所未有的轻松和惬意。

仅仅半个月后，在举世瞩目的京沪高铁即将开通运营前夕，铁路 12306 系统开始对外发售京沪高铁车票。对铁路客票系统而言，这又是一个重要的里程碑，这标志着铁路互联网售票服务将应用于全国主要城市。到 2011 年 9 月底，全国高铁动车组列车均实现互联网售票，开始为越来越多的旅客提供便捷的购票服务。

紧接着，全国铁路所有列车实现互联网售票。一方面方便了广大旅客购票乘车，另一方面节约了售票时间，充分释放运能效率，提高铁路运输生产力。一时间，12306 团队获得好评如潮。现代化的网络售票服务，以其方便、快捷与公平的崭新形象与风驰电掣的高铁动车组列车，组成了一道亮丽的风景线。人们终于体验到铁路出行的惬意与幸福感。

2012“春运上甘岭”

春运，是中国独有的一个交通词汇。1954 年，铁道部成立春节旅客输送办公室，春运的概念顺势而生。改革开放后，随着打工潮兴起，春运逐渐成为一种社会现象。而每年春运期间，井喷式暴增的客流量让铁路、公路、航空、水运等交通方式都要面临一次“挑战不可能”式的考验。

1954年，铁路春运累计发送旅客2300万人次；2012年春运，达到2.21亿人次；2024年春运，全国铁路发送旅客4.8亿人次，较2012年增加了1倍多。

2012年的春运刚一开始，铁路12306就遭遇了一次“滑铁卢”。与往年一样，春运期间旅客购票需求呈现“井喷式”的增长，这使得刚刚在公众面前亮相的铁路12306系统，陷入崩溃的边缘。

当时，铁路12306系统设计时预计的高峰日售票量为100万张，因此，系统各个环节的能力都是按照这个预期来设计的。根据调研数据及以往经验判断，不会突破这个峰值。然而，现实却并非如此……

从2012年1月5日开始，铁路12306的用户点击量连续5天超过10亿次，访问量环比2011年12月激增10余倍。尤其1月9日，点击量更是突破14亿次，使得铁路12306瞬间成为全球最繁忙的网站之一。

由于当时的互联网接入带宽根本不足以支撑如此庞大的访问量，加之铁路12306系统的购票第一步程序是查询余票，从逻辑路径上来说，只有在查到余票后才能继续购票。于是，2012年春运期间的余票查询请求如同山呼海啸般汹涌而来，导致系统入口被堵塞。这引发了一系列的连锁反应：由于路径拥堵，已经刷到余票的用户在提交订单时总是无法成功；订单提交成功的用户也看不到车票信息；能够看到车票信息的用户又无法点击支付按钮；支付成功的用户则无法看到自己的订单信息……这种雪崩式的故障和多米诺骨牌般的连锁反应，使得铁路 12306 系统一度陷入近乎瘫痪的状态。

可想而知，作为项目总体负责人的单杏花，当时的压力有多大。

那为什么要设计每日 100 万张的售票能力？而不设计得高一些呢？

单杏花解释说："中国的铁路客票系统模式是世界上绝无仅有的，没有成功经验和现成模板可借鉴，我们只能'摸着石头过河'，根据实际情况进行设计和调整。当时，进行了周密的市场调研，综合了历年旅客发送量，比如，2010 年全国铁路旅客发送量为 16 万多人。同时，还参考了德国、法国、日本等发达国家的铁路互联网售票经验。然而，这些国家互联网售票率仅占 17% 左右，根据我国当时的日均售票总量推算，即使按照 25% 的互联网售票比例来设计，每天 100 万张左右的售票能力是足够的。于是，当时就按照这个预期总量进行了预设。"

可是，谁也没有想到，预设量与实际需求之间竟然有如此巨大的差距。事后分析，铁路客运需求及网络售票的参与度，是与互联网发展和手机普及等情况息息相关的，这个巨大的变量已经远远超出了铁路传统客运购票方式改变这个单一课题。

单杏花说："当时大家都懵了，只想着如何化解网络拥堵，解决技术难题。后来，经过客观分析发现，其实这一事件反映出互联网技术的公众运用普及，以及互联网时代人们思维行为习惯的改变等因素，瞬间爆发的‘信息洪峰’更蕴藏着巨大的铁路客运市场空间和公众吁求。而当时的情况就像山洪海啸一般让人猝不及防。”后来，单杏花和伙伴们明白了一个真理：过去和现在不一样，中国的事情和外国不一样，人人进入互联网时代的情况和以前不一样。先前的参照只能是某个历史时段的参考，理解现实是一个多么深刻的命题，必须以发展的眼光，立足时代大潮和中国的实际需求来进行顶层设计和科学决策。

拼了！50多个昼夜

铁路12306不给力！

铁路12306是不顶用的“花架子”！

铁路12306耽误事！

铁路12306影响了出行，应该索赔！

……

买不到火车票的人们纷纷到网络上吐槽，很多在铁路12306系统没能顺利买到票的旅客生气、着急。有的网络媒体更是翻着花样讽刺、调侃铁路12306，有文章写道：“铁路巨资研发的系统还不如别人几千元做的系统……”还有不明真相的人们推波助澜，铁路 12306 系统一下子被推到了全民关注的风口浪尖。一条调侃铁路 12306 系统刷不出票来的“嘻唰唰”视频几乎风靡大江南北。

“其实大家哪里知道铁路票务系统的复杂性，尤其是铁路客票剩余票计算是非常复杂的，要比网络电商的商品剩余数的计算复杂很多。不同于普通商品的出售与存货是简单的加减关系，火车票的出售是一个复杂的逻辑关系。”单杏花平静地说。

首先，是浏览量，春运期间火车票紧张的现象还是会存在，所以旅客为了买到一张火车票，会想尽办法抢票，这对网络售票平台访问的冲击特别大。不夸张地说，春运期间网络售票平台的浏览量可以轻松超过国内任何一个网络购物平台。

其次，人们平时购买商品时无非就是有或没有的区别，但对于火车票来讲，它不仅是有和无的关系，对时间性的要求也很高。网络购物早点晚点问题不大，但火车票不一样，它关乎在一定时间点，旅客能不能买到和使用这张火车票的问题。比如，一列从北京开往上海的火车，沿线经停十几站，不能只出售北京至上海的火车票，也不能仅售出一张北京至天津的火车票就了事，天津至上海之间还有很多站。所以，网络售票平台的余票是一个即时的、动态的，非常复杂的计算过程。

“同样都是出售商品，网购商品是卖一件少一件，库存是一直减少的。但是火车票就不是这样了，售出一张火车票可能会再多出一张甚至更多张火车票，库存是一个动态变化的过程。比如，一个席位的中间段售出一张火车票，便会多出首尾两段两张火车票。而中间段售出两张火车票，就会多出三张火车票……这个复杂过程是以此类推的。这就意味着，我们在毫秒之间就要做更多运算，不断重复地计算这趟列车所有停靠站售出火车票的逻辑排列组合，不断求得最佳的组合关系，这个计算量确实是非常大的。"铁路 12306 科创中心研究员王元媛娓娓道来。

对电商来说，售卖商品主要是数字的加减；但对售卖车票而言，这当中不光有加减法，还涉及新的优化排列组合。

在春运的时候，网络售票平台既要快速满足旅客的查询请求，同时还要把余票计算出来，让旅客知道是否还有票、还有哪个区间的票，这对于平台来说也是一个很大的挑战。

复杂程度还不止这些。单杏花解释道："譬如说，同一段线路，有普速和高铁，同一车次列车上又分不同席别，同一条线路还要分若干区间……仅仅一次余票查询，可能就需要几万次的计算……"

那段时间，铁路各级领导都极为关注铁路 12306，甚至铁道部主管副部长也来到 12306 监控中心督战，单杏花团队的压力可想而知，如同打着一场没有硝烟的战役。

"当时没有别的方法，因为网站白天还要提供服务，我们只有昼夜奋战，尽最大努力去优化系统。"单杏花说，"旅客着急，其实我们更着急。"面对网络上铺天盖地的质疑、嘲讽，甚至谩骂，他们没办法更没时间去澄清——因为对民众和旅客来说，只有解决问题，才是硬道理。

没有先例，没有参照，单杏花和伙伴们心里的焦急和委屈是语言难以表达的。实在憋屈得难受，就到角落里待一会儿，然后回到电脑前继续工作。窗口的大杨树和树梢上的星星作证，近两个月的时间，12306 研发中心没有熄过灯。

那是怎样一段难熬的日子啊！

单杏花带领团队核心骨干，像不知道疲倦的机器人，每天都在紧张有序地工作。白天的主要任务是跟踪和监控系统的运行状况，通过数据分析，找出系统压力最大的环节，然后深入思考研究如何解决这个问题。就像堵漏洞和打补丁，不断寻找缺点和不足之处，在不间断运行的状态下优化整个系统的性能。

每天子夜时分，当人们早已进入梦乡的时候，恰恰是单杏花团队的“奋战时间”。每当晚上 11 点铁路 12306 停止服务，他们便立即上线，对白天发现的问题进行修复和优化，仔细检查每一个可能出现的漏洞，确保系统的稳定性和安全性。完成这些工作后，他们还要进行全面测试，以确保在第二天早晨 6:30 开始售票时系统能够正常运行。

50 多个昼夜，每天的工作都是如此紧张，单杏花团队几乎没有时间休息。每天要忙到凌晨三四点钟，他们才能稍微打个盹。很多时候，刚一合眼，脑子里忽然冒出一个想法，就马上又激动地忙乎起来。什么叫忘我，就是每个人都忘了自己、忘了吃饭和睡觉，心里只装着铁路 12306 系统这一件事。

无论夜里工作如何辛苦，每天早晨 6:30 铁路 12306 系统开始售票后，团队成员会准时出现在工位上，不错眼珠地盯着系统的运行情况，观察前一天的优化和升级是否取得预期效果。

几乎每天都是这样的工作节奏，出现问题、解决问题，再出现问题、再解决问题……单杏花团队在"上甘岭"阵地上坚守了 50 多天。

最终，铁路 12306 系统挺过来了，顶住了日点击量 14 亿次的压力，日售票量由 60 多万张攀升到 119.2 万张。

在铁路 12306 系统不断优化升级的过程中，团队的意志、能力和战斗力更是得到了全面提升。单杏花说："那的确是一段凤凰涅槃、脱胎换骨般的过程，如同红军长征一般，这种历练和收获是实实在在的，更是少有的。有了这样的经历，以后遇到再大的困难，我们都有了更加自信的底气。"

冲过险隘是坦途

单杏花从办公室的沙发上迷迷瞪瞪地爬起来，摇晃着走到 12306 监控中心，她扫了一眼墙上的挂钟，距离火车票开售时间就差 5 分钟了。

这是 2012 年“十一”黄金周火车票预售期间的普通一天，售票高峰已接近尾声，单杏花记不得这是连续第几天在售票开始前坐在这里，看着 12306 监控大屏。每年黄金周预售票量都是当年最高峰值，量级大、强度高，是检验铁路 12306 系统能力和成果的最佳时机，售票系统能否扛住下一年的春运，就看这次的表现了。

2012 年春运结束后，团队痛定思痛，针对铁路 12306 系统暴露的问题持续展开高强度的科研攻关，短短几个月时间攻克了多项关键技术，完成了余票内存计算、分库分表、异步交易排队、读写分离等多项系统基本架构的重构和功能优化。

然而，这次“十一”黄金周车票预售的前半段仍然不顺利，系统余票内存计算运行正常，分库分表上线后却遭遇了在线回退的冲击，最终涉险过关。可几天前上线的排队功能，网络购票用户的购票体验却很差，团队反复调优仍收效甚微。网络上不满和吐槽大有赶超春运之势，有的网友诉苦，网络排队购票时间比在车站窗口还长。12306 团队又被逼到了“悬崖边缘”。

7:00 前同事们陆续来了，大家各就各位，迅速投入到紧张的工作中。单杏花坐在机器前，脑海里浮现出一幅广场上黑压压的人群等待售票大厅开门放票的画面。或许，更真实的画面应该是大江南北、成千上万的人和她一样，坐在电脑前敲打着键盘，等7点整网上开售之时，迅速冲上网站飞速下单。“我们做的事是方便亿万旅客出行的大事，再苦再累，我们必须做好！”脑海中的画面和心中的闪念，让她的疲惫烟消云散。

7:00，潮水般的网络流量应约而至。没几分钟，12306系统监控图上的订单处理时间、排队等待时间等几条令人揪心的数据曲线都攀上了“青藏高原”。尽管休息了一晚上，12306系统还是像高原缺氧下的运动员，气喘吁吁地就快要跑不动了。

勉强挺过了这一拨高峰访问量，下一步该怎么办呢？

在当天交班会上，大家面面相觑，一筹莫展。理论上推敲过很多遍的排队功能，在运行投产后，因为订单生成时间过长，反而成了系统性能的爆点和用户体验的槽点。前一晚网站停售时，堆在排队系统中没来得及处理的订单竟然有几十万笔。从早上的情况看，当天的形势还是不乐观。

这个“十一”黄金周的运气难道和春运时一样差？

“试试读写分离吧。”坐在对面的年轻同事突然冒出一个灵感。

读写分离也是12306团队目前科研攻关的内容之一，是指把订单的查询操作从交易节点AT调度到只读的查询节点AG。前期升级后，系统架构已具备条件，由于担心运行效率，AG暂时只接收订单复制数据，还没有承载订单查询流量。

单杏花眼前一亮：“好主意！打开读写分离，再借助现有的余票内存计算，没准有戏！”

其他各组同事的思路好像开闸一样一下子都打开了，从各自的业务角度又顺藤摸瓜提出不少好建议。单杏花边听边在心里快速捋了一遍思路，越发觉得这条路可行。在这个“十一”黄金周预售高峰马上就要结束、12306 系统还在黑暗中徘徊的时刻，任何可能的办法都必须努力尝试。

“从 AT 上切一半查询流量到 AG！”年轻同事在键盘上运指如飞，开始 Inetis 中间件的调整，其他同事紧张有序地同步进行相关的配合操作。仅仅几分钟时间，50% 的查询流量就从交易节点 AT 逐步转移到查询节点 AG 上。

所有人都紧盯着 AG 的负载监控，生怕查询流量压垮这最后一线希望。

“下来了，下来了……”

“订单处理时间下来了！”

全体同志迅速把目光投向排队系统监控上，那条一直盘踞在“青藏高原”上的订单处理时间曲线神奇地降下来，虽然离“华北平原”还有一定高差，也算降到“黄土高原”上了。

“排队时间下来了！”

“队列长度下来了！”

好消息不断传来，就像给氧补足后的运动员，12306 系统终于跑得轻快了。

整整一上午，12306 系统各个节点负载正常，几乎所有的运行指数都有了明显改善！

事实证明，读写分离让原来兼顾订单生成和订单查询的交易节点AT专注于订单生成的“写”操作，订单查询的“读”操作交由AG完成，读、写节点各司其职后，订单生成时间缩短，排队时间随之下降，队列长度也应声而减，12306系统整体数据处理效率发生了质的飞跃。

中午之后，团队又将全部查询流量导向AG，订单处理时间曲线由“黄土高原”下降到“华北平原”！

到晚间网站停售前，排队功能自上线以来第一次处理完了全部订单数据！

仿佛从这一天起，幸运开始眷顾铁路12306了。

单杏花笑着说：“现在回过头想想，那天我们的运气真好！那天的好运气，也许是机会恰好遇上了始终努力、从未放弃的我们。今天的铁路12306，不是我们努力的结束，甚至不是结束的开始，至多是开始的结束。”

随后的2013年春运，铁路12306最高日售票量达到365万张，是2012年春运的3倍多。网络上吐槽依旧，但数量大减，火药味也慢慢降了下来。

思路决定出路。从这之后，又经过数不清次数的迭代和优化，读写分离和排队功能成为铁路12306系统最基础、最核心的架构。

2013年3月14日，第十二届全国人大第一次会议审议通过《国务院关于提请审议国务院机构改革和职能转变方案》的议案。铁道部撤销。实行铁路政企分开，组建中国铁路总公司。

此时，面向交通运输市场，提高客货运输服务水平，已经成为铁路行业内外越来越重视的事情。上到铁路总公司党组，中到有关司局和各铁路局，特别是铁科院，下到铁科院电子所，都不同程度地提高了对铁路 12306 系统的重视程度。持续不断加大改造力度和投入，扩充网络宽带、扩充系统交易处理能力、优化网站购票操作流程、升级铁路 12306 手机客户端……让旅客在访问铁路 12306 时更便捷、更顺畅。

2014 年，位于铁科院的客票系统第二生产中心建成，铁路 12306 形成双活架构。2018 年春运最高日售票量超过 1000 万张，2020 年春运最高日售票量超过 1400 万张。此时，网络上对铁路 12306 不满的声音已逐渐式微，包容和支持的声音渐渐成为主基调。

接下来的几年里，单杏花带领团队撸起袖子加油干，不断创新思维理念追赶时代的步伐。他们持续优化和调整铁路 12306 系统的核心架构，研究并提出了一系列诸如“读写分离”“售取分离”“异构数据同步”“弹性扩展”“内存计算”“混合云架构”和“双中心双活”等新的方法和技术，这些方法和技术的应用，成功地解决了铁路 12306 系统面临的海量高并发访问等技术难题，使该系统达到国际领先的水平。

说起他们所采取的一系列优化措施，单杏花如数家珍，娓娓道来。

首先，单杏花团队研发出异步交易排队功能。这个功能的工作原理类似于人们在车站排队购票：当售票厅的队伍排不下时，旅客会被引导到广场上的队伍；如果广场上的队伍也排不下，旅客会被引导到广场周边街道售票亭的队伍里。团队为12306系统设计这样一个异步交易排队的机制，是为确保海量的购票请求不会一下子直接冲进核心系统，从而保护12306系统的稳定性和正常运转，稳住12306系统基本盘。

其次，为了提高查询余票的效率，单杏花团队又研发出内存计算功能。当12306网站用户想要购买车票时，系统需要先查询是否有余票。传统的机器在处理这种大量查询时常遭遇拥堵，效率不高。因此，团队引入内存计算技术，将数据和算法都预先存储在内存中，实现实时查询和计算。这不仅大大提高了查询余票的速度，还增强了系统交易处理的能力，使得核心计算能力可以根据交易请求的压力进行弹性扩展，系统工作主动性和灵活性得到充分发挥。

为了进一步提高铁路12306系统的可靠性，单杏花团队还自主研发了一个双活中心架构。简单来说，就是在与总部相隔10多公里的地方建设两个机房。两个机房之间可以进行底层的数据同步，并在交易过程中进行交互处理。这样，当一个机房因为某些不可抗原因出现问题时，另一个机房可以立即同步接收业务，确保系统服务不断档。这样一来，相当于12306系统有了自己的“安全备份”，单杏花团队的底气更足了。

随着公有云技术的日益成熟和稳定，单杏花团队未雨绸缪，决定租用公有云，与铁路私有云共同组成混合云的架构，以期在高峰期共同承担和分解余票查询的压力。

通过一步一步方向清晰的擘画和努力，铁路 12306 系统的运行稳定性牢牢地攥在自己的手中。

经过持续不断的一系列技术迭代和优化，铁路 12306 系统的用户体验得到显著提升。从 2012 年春运期间，铁路 12306 系统单日最高售票量达到 119.2 万张，访问压力达到 14 亿次。到 2023 年，这两个主要指标数字已经分别增长到 2000 万张和 2600 亿次。到 2023 年，铁路 12306 系统售票处理能力，已经提升到每天能够处理 2000 万张，系统日常运行稳定有序。这足以见证 12306 研发团队在技术上的巨大进步。

在快马加鞭增强技术硬实力的同时，12306 团队依托硬实力，增强服务软实力，相继在铁路 12306 推出网络订餐、接续转乘、动车组列车选座，以及“铁路畅行”会员等全新的暖心服务功能。人们不仅能够便捷地实现网络购票，还能够“心想事成”地得到个性化的暖心服务，让旅途变得更方便、更舒适，出行体验越来越美好。

人人心中有本账，每每说起铁路 12306 系统时，最简洁的评价是:“嗯，方便！”

平常单杏花总是身穿整洁的白大褂，穿梭在各个技术平台之间有序地忙碌着。她像一位令人尊敬且值得信赖的主任医师，带领着团队为12306系统进行会诊和把脉，确保系统的稳定运行。她常说的一句话就是:“设备越先进、系统越优化，我们就越要用心去维护，这样旅客才会对铁路12306更加放心。”

12306

单杏花的家乡，江西省上饶市婺源县思口镇外和公村

第二章 好强的小山妹

山路弯弯，如勒紧命运的绳索
望山外，还是山
杏花的心中有一个执着的信念
攀过道道山梁
就会看见一个崭新的世界
热爱劳动，好好学习
长大了，一定要走出大山
到外面的世界看一看

妮子就叫杏花吧

“油菜花开满地黄，丛间蝶舞蜜蜂忙；清风吹拂金波涌，飘溢醉人浓郁香。”这是古诗中的婺源风景。是的，今天作为中国最美乡村之一的江西省上饶市婺源县，是单杏花的故乡。这里有漫山的红杜鹃，满坡的绿茶，金黄的油菜花……在白墙黛瓦的映衬下，如诗如画。

婺源自然景观令人陶醉，还孕育着丰厚的人文历史，这里是南宋著名理学家朱熹的故里，也是中国铁路之父詹天佑的故里。如今，婺源许多古老的村落和建筑，还保留着传统的风格和特色。古民居的“列冈峦之体势”，与自然环境相得益彰，相映成趣。这些古老的建筑不仅是村民们生活的家园，也是传承文化和历史的见证。

单杏花的家在婺源县思口镇西北隅的外和公村，这座只有20多户人家的小山村，却是唐代建村的古村落，颇有“藏在闺中人未识”的神秘感。

1974年3月，杏花盛开的季节，单杏花出生了。

“妮子就叫杏花吧！”外婆欣喜地看着襁褓中女婴粉白娇嫩

的小脸蛋，随口就给她取了名字。杏花，是春天盛开的花朵，还能结出喜人的果实，寓意美好，象征着生活幸福、美满。

思口镇地处婺源县中部的丘陵地带，距离县城 13 公里，下辖 8 个村组。杏花家所在的外和公村离镇政府所在地思口镇有十几里山路。

和公村有里和公村与外和公村之分。相传，和公村早年叫和源村，单姓人迁入此地后，村中有一位和善的老者，为人宽厚，德高望重，被后人尊称为“和公”，后来村名就由“和源村”改为“和公村”了。

外和公村，是一座坐落于蜿蜒山脉之中的宁静村庄，山清水秀，环境宜人。村庄四周被葱郁的山峦环抱，清澈的溪水如同一条蜿蜒的丝带，悠悠地绕过整个村庄，为这片土地增添了几分灵动与生机。这里简直就像一座天然公园，让人流连忘返。

顺着单杏花当年上学的山路，踏着青苔石板，登上和公岭，放眼望去，白云如练，仿佛天地之间的桥梁，让人不禁感慨时空的流转与变迁。向另一个方向远远望去，那变幻莫测的云彩，似白云苍狗，又宛若仙境中的玄宫仙阙，隐约可见；又好似飘逸的白驹，穿梭在蓝天之间，给人以无尽的遐想。

如今的外和公村，依然保留着那份古朴与宁静。村后的山顶上，有一块石刻碑，上面刻着“东岭白云”四个大字，落款“八定山人书”，书法风格与八大山人有几分相似，超然出尘，灵气氤氲。

八定山人？多少年后，单杏花还一直在想，这位八定山人与明末清初的书画名家八大山人有什么关系呢？八定，又是哪八定呢？坚定，笃定，锚定，稳定，安定……一直以来，单杏花都是善于学习、喜欢寻根究底，且想象力丰富。

看着徜徉在此山此水的单杏花，“地灵人杰”的含义就很容易理解了。

在这座古老的村庄里，大多数是单姓村民。相传，单姓家族在这里世世代代繁衍生息，已经有500多年的历史。根据光绪九年的《婺源县志》记载，外和公村曾出现过两位杰出的人物：一位是单宗芳，字振文。他慷慨解囊，散尽千金以救助婺源乡友。另一位是单宗芳的儿子单士修，字佩纶，号问梅。单士修是一位候选通判，为和源始祖修建了墓祠，并在旁建置书斋以便宗族子弟学习，他还刻印了余子畴先生的《晚堂集》和汪双池先生的《医林记要》，使得这些乡贤的著作得以流传后世。除此之外，《婺源县志》还记载了清光绪年间，和公村的单国佐曾任贵州铜仁知府，单书任宁波、嘉兴府通判。这些都表明了和公村不仅民风淳朴，文化底蕴深厚，而且知书达理的传统由来已久。

这里的自然景观与人文历史相得益彰，共同构成了这座古老村庄的独特魅力。

村里还保留着单氏宗祠、和公古道、里和公岭古道、古鱼塘，都已被列为文物保护单位。古宅、古石板桥、古驿道，仿佛在诉说着岁月的沧桑。村外的千年红豆杉、古樟树郁郁葱葱，生机勃勃，仿佛生长在一幅江南风景画中。

自古以来，这里只有一条坑坑洼洼的山路通往外面的世界。这条山路每到阴雨天就泥泞难行，村民出一趟村，去县上镇里办点事都要跋涉很久，特别不容易。

小山村与世隔绝一般，默默地隐藏在大山深处。一代又一代的外和公村人在这里过着清苦、朴素的生活。

杏花出生在这座小山村里一户普通的农民家庭，家中有兄弟姊妹四人。杏花从小就听长辈讲，家里代代都是勤劳朴实的农民。父亲是勤劳的庄稼人，母亲是温柔善良的村妇人，挖竹笋、扎篱笆，起早贪黑下地干活，盼的就是让日子慢慢好起来。

然而，在那个贫瘠的年代，温饱一直是困扰着人们的大难题。尤其是对于劳力少、孩子多的杏花家来说，生活更是格外艰难，一家六口人，杏花母亲身体单薄，孩子们还小，全家生活的重担几乎都压在了父亲一个人的肩上。

父亲最犯愁的是孩子们上学的事，蹲在屋角吧嗒着旱烟，常为孩子们的学费眉头紧锁，忧心忡忡。

这一年冬天，杏花母亲又病倒了，弟弟也跟着病了。家里实在没有钱，为了给娘俩治病，父亲只好提前卖了家里唯一的一头猪。

看到家里这样的光景，正在读初三的哥哥，从学校背回行李和书本，默默扛起锄头上山挖冬笋去了。这年冬天，哥哥辍学了……

虽然家里多了一个劳动力，但日子仍然不见起色。

姐姐茶花，是读完小学四年级辍学的。那年分田到户时家里分了一头牛，父亲高兴极了，因为有了牛就可以多耕田。这头牛，成了家里最大的资产。可是问题来了，有了牛就得有人放牛啊，发愁的父亲吸着旱烟嗫嚅道：“女娃子读书没啥子用，又不能当饭吃，认得自己名字就行了……”于是家里那头牛便由姐姐负责了，姐姐很懂事，体谅父母的艰辛，虽然内心有失落和不舍，但还是默默地收起书包，拿起放牛鞭。那一年姐姐10岁，杏花6岁，弟弟4岁。

一直以来，单杏花都觉得愧对姐姐。因为如果姐姐执意上学的话，那她就要担负起放牛和照顾弟弟的责任，可能就不能上学了。所以杏花由衷地感谢姐姐，同时也为姐姐感到委屈。而辍学的姐姐成了妈妈最得力的助手，就像一位小母亲。

穷人的孩子早当家，单杏花也一样。每天早晨，太阳还没露脸，杏花就起床了，她要扫地、擦桌子、洗衣服、打猪草、喂猪食、喂鸡，还要照顾弟弟。

杏花很早就学会了给家人做饭，她会烧柴火灶，用火钳夹住木柴往灶膛里送，灶膛很深，几乎没到肩膀。她还会做一些简单的菜肴，炒豇豆角、茄子、辣椒、丝瓜，味道还不错。那时，杏花踮着脚尖也够不到灶台，就站在小板凳上，给全家人煮饭、盛饭，像个小大人一样。

除了照顾弟弟和做饭，杏花还要帮助妈妈做地里的活，锄地、挑粪、种菜、插秧、割稻子……尽管这些劳动对于一个年幼的孩子来说有些吃力，但杏花努力为父母减轻负担，干得乐此不疲、有模有样。

春天来了，姐姐茶花和杏花一起在房前屋后栽下树苗，撒下花种，浇水施肥、精心呵护。等到桃花、梨花、油菜花纷纷盛开时，娇艳美丽的花朵给贫瘠的土地增添了靓丽的色彩，也给贫穷的生活带来了生机。

街坊邻居的婶子姐妹们闲暇时都来杏花家看花，啧啧称赞："3 岁看大，7 岁看老，你们家杏花真能干，心灵手巧又勤快，将来长成大姑娘肯定有出息！"

每当夜色渐浓，夜幕如一块巨大的黑色幕布缓缓降临，全家人围坐在餐桌旁，共享一顿温馨的晚餐后，杏花的心中便充满了期待。她最盼望的时刻即将到来，那就是村里敬爱的单家树爷会来他们家串门，给大家"讲古"。这是杏花一天当中最为快乐和期待的时光。

树爷，是住在村西南古老宅院的单百万家的后人，他的名字中有一个"树"字，因此长辈们亲切地称他为"树公"，而像杏花这样的小孩子则习惯称他为"树爷"。

杏花母亲总是早早为树爷泡上一壶香气四溢的茶。树爷便安坐在堂屋的椅子上，开始为孩子们讲述一个个精彩的故事。

他讲的《红楼梦》情节曲折，讲孟姜女哭长城感人至深，讲薛平贵传奇激动人心……树爷每一次讲述都绘声绘色，生动极了。故事总是在喝完一壶茶后结束，每次都讲到月亮爬上高空，星星在夜空中闪烁着光芒。

听树爷讲故事，杏花是最认真的，眨动着好奇的大眼睛，心中充满了遐想。

每天晚上，树爷回去后，杏花都会躺在“吱呀”作响的竹床上，在满足中渐渐进入梦乡。她记得，那年七夕晚上，树爷坐在院子里给她讲“牛郎织女”的传说，讲关于北斗七星的知识和流星划过夜空的壮丽景象。树爷还告诉杏花，每个人都好像一颗星星，做人就要做那颗最亮的星，照亮自己，也照亮别人前进的路。

那一夜，杏花兴奋得怎么也睡不着。她仰望星空，仿佛看到了属于自己的那颗星。

在那座没有课外读物、没有早教班的小村庄里，树爷讲的那些故事成了最好的启蒙教育。杏花和小伙伴们的心灵，正是在那些充满智慧和想象力的故事中得到了滋养和启迪。

杏花就像一棵茁壮成长的小树苗，根扎在那片充满生机的土地上，汲取着家乡山水的精华。乡贤文化的熏陶，也如同春风化雨，无声地滋养着她的心田。

三个年级一个班

在这座美丽的小村庄里，有一所简陋的小学。这所学校只有一间教室、一名老师，却承载着20多名学生的梦想和希望。教室里摆放着三排破旧的课桌椅，按年级划分，同年级的学生坐在一列，形成了“几个年级一个班”的独特现象。

从一年级到三年级，单杏花在这里度过了快乐又充实的日子。这里的教学模式与城市里的学校截然不同，实行的是合班上课制度。在这个特殊的教学模式下，老师的授课方式变得非常灵活。当老师给三年级学生讲课时，会先为一、二年级的学生布置作业，让学生自主完成；当老师给二年级学生讲课时，就会给一、三年级的学生布置作业，让学生在课堂上自主学习。这样的教学方式无疑对学生们的自觉性提出了很高的要求。

对于天资聪颖的杏花来说，坐在一间教室里，却能够听到三个年级的课程，既满足了好奇心，也是一种挑战，更是一种机遇。每当写完作业，有了空闲，她就可以预先听高年级的课。这也促使她更加努力地学习，努力跟上老师的教学进度。正是这种特殊的学习环境，培养了单杏花独立思考、自主学习的能力，让她在后来的学习和工作中受益匪浅。

每天放学后，杏花都要赶快跑回家，和姐姐一起去打猪草。那时候，村里家家户户都养猪，别人家一般只养一头猪，但为了多卖些钱，姐姐说:“咱家多养一头吧！”但是多养一头猪就意味着要多出一份力。没有多余的粮食喂猪，姐妹俩就每天起早贪黑地打猪草。

她们常常要到深山里去打猪草。由于路远，她们总是想多打一些回来，所以，每天装猪草的背筐都特别沉重。她们咬着牙，走走歇歇地把猪草背回家，姐妹俩的小肩膀常常被勒出深深的血印子。

那时候，她们心里没有别的念想，只想着如何快点把猪草背回家。她们希望猪能够长快一些、长肥一点，等到过年时多卖些钱，好交学费、买文具。

清明时节，为了能多赚点钱补贴家用，杏花就背着小茶篓到茶山上采茶。大雨滂沱，雨水冲垮了山路，杏花就用塑料布把沉甸甸的茶篓包裹好，一路趔趄着小心翼翼地下山，却一个不小心滑倒滚到了山底。坚强的杏花顾不得疼痛和一身泥泞，只惦记着茶叶有没有散落，然后咬着牙一瘸一拐地往家走。

忙完农活后，杏花也会上山走走，眺望云雾缥缈的远方。山没有名字，路是乡亲们一代一代走出来的，放眼望去，路的尽头还是看不尽的山。她知道山的那头还有座村子，更远处还有座县城，这就是杏花脑海中的整个世界。

有一年，没有子女的大舅向杏花父母提出过继一个孩子的想法。父母商量后，决定将懂事的杏花过继给大舅当闺女。

大舅家位于里和公村，与杏花家相隔不远，只有一段曲折山路和几片翠绿稻田的距离。大舅家的生活条件相对较好，算是村里的小康之家。如果按照物质条件来看，杏花在大舅家生活无疑要更加宽裕。但尽管大舅和大舅妈对杏花特别疼爱，杏花的内心还是感到一种难以言说的委屈，也总有一种在亲戚家做客的拘束。

每次经过自家门口，杏花都心情复杂地“望家兴叹”，一种被遗弃的感觉深深地刺痛着杏花幼小的心灵。

在大舅家，杏花的生活可以说是衣食无忧，然而，她的心情却始终无法开朗起来，总是心事重重的。大舅和大舅妈看在眼里，急在心里，也慢慢懂了杏花的心思。杏花终于回到了自己家。

多年后，这段往事还历历在目，单杏花说大舅待她如同亲生女儿一般，那种深厚的亲情让她终身难忘。但当时的她，还是想要回到自己的家。

当杏花气喘吁吁地跑回家，推开家门的那一刻，她激动地对父亲说出了一句话:“爸爸，我上学不用家里花钱，我采茶挣学费！”

重新回到自己家的杏花变得更懂事了。为了省钱，杏花舍不得用铅笔，常拿河里捞的彩色石头在石板路上练习写生字、画图画，还常常一边打猪草，一边让姐姐给她出算术题练习口算。姐姐说：“杏花，你好好学，把咱姐俩的书一起念好！”

一个人把姐俩的书一起念好。杏花更加勤奋用功，学习起来不知疲倦，很多题目她用心算很快就能给出答案，每每把难题做出来，心里也有了小小的成就感。以至于后来，她对数字有一种天然的喜爱，对解题的步骤和逻辑产生了兴趣，对任何疑难问题都有一种攻克与征服的小小欲望。这也为她后来从事铁路客票系统研发打下了最初的基础。

在学校，杏花考试经常得第一名，奖状把家里凸凹不平的墙壁贴得灿烂辉煌，这给父母带来许多安慰，也让哥哥姐姐和弟弟好生羡慕。

小学四年级到五年级，杏花是在村大队小学读的，每天要往返 20 多里地，学校有两位老师，一个年级一位老师，都特别喜欢好学懂事的杏花。

每天天不亮，杏花就早早起床，带上一小碗米饭和咸菜去上学了。那时候最怕下雨天，山路崎岖，又滑又陡，稍不留心就会摔倒跌伤。记不清多少次，人摔倒了，浑身泥水，米饭咸菜也散落一地，这都没关系，只要书包里的书本没有沾上泥水就好。爬起来，继续赶路。

山路旁有一条小溪，伴着溪水潺潺，背课文、读英语，观云霞、望星空，看日升日落、庄稼生长，蹦蹦跳跳、轻声歌唱，杏花感觉到天地之间也是一间大课堂。

上学的路上，还要经过一片墓地。但杏花从小上山劳作，是一个胆大的山妮子，她从来没有觉得害怕过。她知道，先人们长眠在故乡的山水之畔，仿佛也在享受着家园的恩泽与慰藉。然而有那么一次，她却真的被“吓着”了。

那天是杏花值日的日子，放学后，当她打扫完教室卫生，夕阳早已落山，天色已经暗了下来。杏花背着沉甸甸的书包，沿着蜿蜒的山路往家走，一边走一边专心地背诵课文，因为注意力太过集中，心思全都沉浸在背诵的课文中，当她走到那片墓地时，突然被不远处传来的哭泣声打断了思路，她抬头一看，只见一个一身素白的女人坐在一座新墓前哭泣着。天已经黑了，山路上一个人都没有，四周一片寂静，杏花被眼前的情景吓得头发都要立起来了，腿也开始发软，但她不敢停下脚步，总觉得后面有“鬼”追着她，只能拼命地跑啊跑啊。当她一口气跑到家里，已经浑身是汗，上气不接下气地大口喘息着。

当杏花把路上的遭遇告诉家人后，父亲笑着安慰她说：“看你胆小的，哪来的‘鬼’？那都是自己吓唬自己的。”母亲也附和着说：“今天是村东头走了的王爷爷过‘五七’，准是他家闺女祭拜他呢。等明天一早，让你爸爸送你一段，到那里看看怎么回事你就不怕了。”

果然，第二天早晨，父亲带着杏花来到了那片墓地。正如母亲所说，那里只有几抔新土和烧剩下的纸灰，哪有什么“鬼”。

父亲对杏花说：“这些睡在地下的人，都是咱们的祖先。他们在人世间走过一生，也在保佑着我们呢，我们后人应该感恩他们。记住，一个人活得心里干净亮堂，就不会害怕什么。”

杏花忽闪着明亮的大眼睛，坚定地点了点头。未来的生活中，她逐渐明白了父亲的话：勇敢面对困难和恐惧，才能成长得更加坚强。

因为距离远，杏花每天上学时都走路飞快，几乎是一溜小跑。所以不论学习还是做事杏花都干净利落，从不拖泥带水，活脱脱一个干练、朝气蓬勃的山妹子。

读书放牛两不误

读书，对于杏花来说，是多么奢望，又是多么弥足珍贵的祈盼啊！在落后的山村，很多人有着根深蒂固的陈腐观念。不少人认为山里娃就是山里的命，念书费钱又耽误农活，没啥子用。特别是女娃，迟早要嫁人，花钱念书更是得不偿失。

杏花的哥哥和姐姐都辍学了，家里日子还是艰难，父亲也曾劝杏花别念书了，但杏花一直没答应。这一年，11 岁的杏花以全校第一名的成绩考上了初中，成为村里唯一考到思口中学的孩子。这时候，杏花更是说什么也不想放弃学业。她含着眼泪向父亲保证，一有空就会帮家里多干活。

思口中学离家 30 多里地，杏花只能住校。而住校就不能每天回家了，自然会少干很多家里的活，一想到这些，杏花心里满是愧疚，所以每次回家，她就尽可能地多帮家里干活。她也把这种歉疚转化为学习的动力，家人都很不容易，自己一定要学出个样子来，为全家人争光，让他们自豪、高兴。

那时，每个学期每名学生需要用 90 斤米和一车柴火换 90 斤饭票。单杏花记得，每个学期开学时，父亲都要租一辆手扶拖拉机拉着一车柴火，再扛上一袋子新米送到学校，给她换取一学期的饭票。

每当看着满脸沧桑的父亲，弓着背、勾着腰的身影，杏花心里都很不是滋味。父亲曾经是一个健壮的汉子，但岁月的流逝和艰辛的劳作让他疲惫不堪。每当看到父亲那愁苦的眼神和弯曲的背影，杏花的心里都充满了无尽的愧疚和心疼。

那时，学生们的生活不仅有课堂上文化课的学习，还包括劳动。学校拥有责任田，师生们则肩负起耕种的责任，他们每年都需要种植水稻、栽培茶叶、养殖鱼和猪。这样的劳动实践，不仅能为学校增加一些收入，也更好地培养了学生们的劳动技能和勤劳精神。

每个班级都会轮流参与劳动。学生被分成小组，每组四人，共同承担劳动任务。每次轮到杏花参与劳动，她总是干得又快又好，因此经常受到老师的表扬，也成为同学眼中的劳动能手。

其实，这种劳动与学习相结合的教育方式，不仅锻炼了学生们的体魄，也培养了学生们的责任感和实践能力。

杏花对饭菜也从来没有要求，只要能吃饱就很满足，更是从未奢望过什么加餐、夜宵、水果、零食……这些她压根就不知道是什么含义。她打小就知道也理解家里的状况，父母为了供她上学已经付出了很多。因此，杏花从不抱怨饭菜简单，反而感激父母为她提供的一切。

当时，学校食堂只供应饭，不供应菜，所以学生每周都要回家带菜。杏花每次返校时，母亲都会给她多带些菜，冬天的时候还可以带一些新鲜的蔬菜吃几天，但是夏天就不行了，只能带一些盐巴炒的芡菜、辣椒酱或霉豆腐等咸菜，一年四季的书包里总是装着各种各样的咸菜。每到周末，杏花就着急往家赶，为了尽可能缩短路程，节省宝贵时间，她常常选择一条崎岖的山路往返。这条山路需要翻越三座连绵的山峰，她每周都要走这条山路回家，一来一往就是60多里地。单杏花说，她学习生涯的长旅开始于家后面的这座山，那里是她走出大山的起点。

的确，对大山里孩子来说，走山路是家常便饭，意志坚定的杏花，早已习惯了长途跋涉的疲惫。就这样攀登着，筋骨强壮起来的小姑娘，也变得更加坚韧和自信了；就这样一路背诵一路歌，在杏花心中，理想与希望的火苗越烧越旺，她真切地感到，山外那个浩大无边的世界正一步一步向她靠近。她变得更加争分夺秒，因为她心里知道，只有抓住这难得的学习机会，通过自己的拼搏与努力，才能改变自己和家人的命运，为可爱的家乡增添光彩。

为了能多帮家里干些农活，无论是锄地、种菜、砍柴、插秧，还是割稻，杏花都是行家里手。到了假期，家里那头牛也由杏花负责照看，她自然成了家里的“女放牛娃”。相对于干别的农活儿，她也更喜欢放牛。因为在放牛的时候，她可以大声背诵英语和课文。天高，地阔，连绵起伏的大山回荡着她的声音。牛听着，低头吃草；鸟听着，展翅高飞。当牛吃饱了，卧在坡上反刍的时候，杏花便拿出课本，把新学的内容再温习一遍，把刚才背诵的课文核对一遍。惬意地躺在山坡上，她感到无比宁静和满足。

最苦的活计是暑期割稻子，稻叶总会在胳膊上划出一道道的小血口子，每当汗水淌下来，蜇得伤口就更疼了，但这些对于杏花来说早已习惯。地里的活总是干不完，插秧一个月后要耘田，得卷起裤腿到水田里给秧苗除草，稻秧的叶子会把小腿划出一道道小血口不说，最怕的就是田里经常出现的泥蜂、蚂蟥、蛇，等等。

蚂蟥叮在腿上很难拔出来，每当看到它们，杏花就感到一阵恐惧。她曾经目睹过村民被蚂蟥咬住，血流不止的场景，那种痛苦和无助让她心有余悸。因此，每次在田间劳作时，她都小心翼翼地避开这些可怕的家伙。

泥蜂蜇人更疼，有一次被蜇杏花疼得直叫唤，三跳两跳跑上了岸，眼泪不自觉地流下来。她的皮肤对蜂毒过敏，一旦被蜇就会引发剧烈的疼痛和肿胀。那次经历让杏花深刻意识到农耕劳作时的危险和自身的脆弱。从那以后，她学会了小心谨慎地规避和应对每一个可能的威胁。

父亲累得没好气，冲她嘟囔:“看把你娇气的，有本事将来考出去，就不用被泥蜂蜇了！”话虽不好听，但也透露出父亲对女儿的期望。他知道女儿是个聪明而坚强的孩子，有着无限的潜力和可能性。他希望女儿能够通过努力学习，走出大山，改变面朝黄土背朝天的命运。

是啊，杏花从小就体会到贫困给家庭带来的困境和挣扎。父母常年辛勤劳作，却依然难以改变家庭的贫困状况。穷苦的生活让她深刻认识到，只有通过自己的努力，才能够摆脱贫困束缚，改变自己的命运。杏花知道，只有通过知识的力量，才能够实现自己的梦想。于是，她下定决心要更加努力地学习，争取考上一所好大学。

在学校，杏花学习积极努力，课余积极参与各种文体活动。她不仅在学业上取得了优异的成绩，德智体美劳样样都不差，老师和同学们都对她赞赏有加。

她在日记中写道:

正因为我的家很贫困，我的家乡很落后，我才更要努力学习。我相信，通过我的努力，一定能够实现自己的梦想，也为家乡的发展贡献一份力量。

如果说吃苦是一位成功者的必修课，那么单杏花这一堂课上得非常扎实、非常透彻。

三年时光，如山间溪水悄无声息地滑过，转瞬即逝。杏花长高了，身体也变得更加健壮。她的成长，就像庭院中那棵枝繁叶茂的树，生机勃勃。

姐姐茶花，心灵手巧，学会了裁剪缝纫，经常给家里人缝缝补补。到思口镇赶集，姐姐茶花特意挑选了一块布料，那是一块红白相间的条纹布，颜色鲜艳，质地柔软。她用心裁剪，亲手为妹妹杏花缝制了一件外套。这件外套的设计简约而不失活泼，领口和袖口处还精心地掐上了细细的碎褶，每一针每一线都透露着姐姐对妹妹的深情厚意。

杏花看到这件衣服，爱不释手。在毕业之际，杏花特意穿上它留下了一张珍贵的毕业照。这也是她生平第一次照相，照片中，杏花的眼睛犹如一潭秋水，明亮清澈，她的目光直视镜头，仿佛能穿透那小小的相框，望向更远的地方，望向山外广阔的世界。

虽然这时的单杏花还没有见过铁路，更没有坐过火车，但她已经在课本中知道了詹天佑和茅以升，她的理想和信念已经如伸向远方的钢轨一样，清晰而坚定。

大学时期的单杏花

第二章 校园，书页中的杏花

杏花的小小书笺
如绸，像帛，似绢
淡淡的馨香弥漫在字里行间
晚自习的灯盏，早读的林畔
知识的芬芳一瓣一瓣
杏花的小小书笺啊
是一片小小的船帆
那是知识与文明的芬芳
那是一片一片
藏在心底的美好祈愿

杏花的99元学费

日子过得很快，春来冬去，杏花已经出落成亭亭玉立的花季少女。

1988年9月，14岁的杏花考入婺源二中。

当年的婺源二中，如今更名为“天佑中学”，十里八乡，这是一所备受瞩目的县重点高中。学校位于风景秀丽的婺源县城，在单杏花心里，这里曾是一所令她向往的“高等学府”。

辛勤的耕耘迎来幸福的收获。杏花凭着出色的学业成绩，成功地考入这所令人羡慕的学校，迈出奔向理想的关键一步。

二闺女考上了县重点中学，本来是件大喜事，可一家子人却犯了愁。

上中学需要交的99元学费，家里无论如何也拿不出来。

外婆坐在院子里，无奈地摇着蒲扇，看着远方的田野，替心爱的外孙女发愁叹气:“唉，让丫头认命吧，女孩子早晚要嫁人，读那么多书也没啥子用。倒不如在家里种种菜、放放牛，学学绣花、做做针线，将来找个好婆家比啥都强！”

母亲心里更不是滋味。她默默地走进屋里，想寻摸点能换钱的东西，可翻遍了每个角落，也没找到。

看看屋里屋外，父亲母亲真是犯愁。猪太小，还不够分量；牛，是不能卖的，家里的田还指望它；几只鸡就是都卖了也换不来几个钱。

父亲坐在门槛上闷头吸烟，半天不说话。他知道家里的情况，但他也更懂得女儿的梦想。最后，他缓缓站起来，咬着牙蹦出一个字:“借！”

父亲出去四处借钱，天黑透了才回来。

杏花看着父亲手上的钱，只有两张十元钱和三五张五元钱，剩下的全是一元钱和毛票票。这些皱皱巴巴的血汗钱，都是乡亲们给凑起来的。

“将来能考上大学是你的福气，考不出去，我就当这钱扔到村口的深水潭里了！”父亲叹着气，望着杏花无奈地说。

杏花心中涌起一股深深的感激之情，她更加知道自己应该怎么做了。

从那一天起，杏花学习更加刻苦，每天都早早起床，坐在书桌前专心致志地读书，将每一分每一秒都投入学习中，不断提高自己的知识水平。她知道，只有通过自己的努力，才能实现父亲的期望，也让乡亲们为她骄傲。

杏花忘记了生活中的苦与累，一心想着如何学好每一门功课、如何追上比她学习成绩好的同学。杏花还坚持每天早晨跑步锻炼，成为校运会 4×100 米和 4×400 米比赛选手，为班级争得了很多荣誉。

三年高中时光，杏花付出了比别人更多的努力和汗水。她从入学时全班40名开外的名次，到高考前一跃进入班级前三名。她不仅在学习上取得了优异的成绩，课余时间也积极参加学校各种活动，用实际行动诠释了“知行合一”。

班主任，敬爱的孙老师

回忆起班主任孙新扬老师，单杏花的眼中闪动着泪光。

孙老师不仅是学生的引路人，更是学生心中的楷模。从孙老师身上，单杏花看到了“楷模”的模样。

作为一位优秀的数学教师，孙老师的教学风格深受学生们的喜爱。他深入浅出、化繁为简的讲课方式使那些复杂的数学公式、繁复的运算步骤，都变得生动有趣。孙老师让很多学生对数学产生了浓厚的兴趣。而单杏花后来在工作中体现出的数学才能，最早就是从孙老师这里打下的基础。

此时的单杏花已经成为班级中的佼佼者，她的学习态度非常踏实认真，成绩也一直名列前茅。因此，她被孙老师选为数学课代表，这是对她学习态度的肯定，也是对她学习能力的一种信任。孙老师对单杏花的评价非常高，他曾经这样评价单杏花：“她不仅聪明，更有一颗愿意努力的心，是一个有着无限潜力的学生，身上充满了蓬勃向上的力量！”

孙老师至今记得，单杏花上学时总是到得早、走得晚，虽然家庭生活困难，但她总是面带微笑，每次看到她，都感觉这姑娘从内到外都洋溢着朝气。

高中住校，杏花的生活非常简朴，平时在食堂吃饭都买最便宜的饭菜，几乎不舍得吃肉，为的是给家里节省几个钱。那时杏花从没有进过饭店，平生第一次到饭店里吃饭，就是孙老师掏钱请的。

记得那天杏花父亲来学校看杏花，并给她带来一些母亲腌制的咸菜。当时，正在上数学课，杏花父亲就坐在教室外的大树下等她。下课铃声响起，同学们陆续走出教室，父亲叫了杏花一声，孙老师也恰好走过来。看到老师，杏花父亲显得有些拘谨和紧张，不知道该说些什么好，便自言自语般嗫嚅：“给老师添麻烦了，让您操心了。”然后，又紧张地补充道，“杏花要是不听话，您就打她……”孙老师微笑着紧紧握住杏花父亲的手：“杏花这孩子可是好学生，是个好苗子，咱们一起好好培养！”听到这话，杏花父亲连连点头：“我听老师的，我听老师的，她念到哪我就供到哪，就是砸锅卖铁也供她念书！”

孙老师望着眼前这位敦厚的学生家长，关心道：“生活上有什么困难您就说，我们会尽力帮助的。”听到这句话，杏花父亲激动地点了点头：“谢谢老师，谢谢老师惦记着！”

说话间到了中午，孙老师知道杏花父亲来一趟县城不容易，辛苦一路，不能饿着肚子往回赶，于是就把杏花父女二人带去了学校门口的小饭店。

多年以后，单杏花仍然清晰地记得，那天吃的是豆腐炖小鲶鱼。那顿饭吃得真香，豆腐洁白如玉，柔软滑嫩，与鲜嫩的小鲶鱼相得益彰。小鲶鱼肉质鲜美，入口即化，与豆腐的清香相互融合，散发出诱人的香气。热乎乎的饭菜，每一口都能品咂出幸福与爱的滋味。

饭桌上，孙老师只是象征性地吃了几口，一边鼓励杏花，一边和杏花父亲拉家常，还不断地给父女二人夹菜。孙老师的脸上始终带着微笑，那是一种朴素而深沉的关爱与温暖。

豆腐炖小鲶鱼，不仅仅是一道菜肴，更是一段美好的回忆。每当杏花和父亲回忆起那个温馨时刻，心中都会涌起一股感恩与感动的暖流。

后来，豆腐炖小鲶鱼成了单杏花家的传统菜肴，特别是逢年过节或者重要的时刻，每一次品尝都让他们仿佛又回到那个温馨的时刻。如今，已经离开家乡多年的单杏花，每当说起孙老师第一次带她和父亲到饭店吃饭的情景，仍会心生感慨。那是她成长的见证，也是她对母校、老师的感恩和思念。无论身在何处，她都怀念那个味道，那是学生时代最令她难忘的温暖的师生情谊。

三年的时光在紧张的学习中一晃而过，莘莘学子终于迎来了高考的日子。沉稳自信的杏花在考试中发挥出了自己的水平，张张考卷记录了她的努力与收获，记录着她的才华和潜力。

高考成绩很不错，填报志愿时单杏花却感到困惑和迷茫。全国那么多所高校，那么多的专业，到底应该选哪个呀？面对各所大学的简介和招生信息，她感觉有些晕头转向。她对于大学的了解有限，更无法准确判断哪所大学更适合自己，也意识到选择一所合适的大学和专业对她的未来至关重要。这时，她想到了孙老师。

孙老师深知每个学生的特长和兴趣，他掰着手指分析了单杏花的兴趣、优势和未来的职业规划，建议她选择计算机应用专业。他告诉单杏花："计算机应用专业是一个充满挑战和机遇的领域，随着科技的不断发展，计算机应用专业前景非常广阔。"

接下来，孙老师开始帮单杏花筛选适合她的大学。他仔细研究了各所大学的录取分数线、专业设置和教学质量等方面的信息，最终确定了西安工业学院（现西安工业大学）作为单杏花的首选："西安工业学院在计算机应用专业方面有着良好的声誉和教学资源，而且地理位置优越，交通便利。"

单杏花感激地频频点头，在志愿表上将这所大学作为第一志愿填报。最终，她顺利被西安工业学院计算机应用专业录取了。

单杏花对于能够进入心仪的大学和专业感到非常开心和满

足。她深深感谢孙老师的帮助和支持，没有孙老师的指导和鼓励，她很难做出如此明智而清晰的选择。

单杏花回忆说:“当我还是一个懵懂的大学生时，孙老师在信里就给予我雪中送炭般的关怀和指导。记得当时，我决定考研的时候，内心充满了迷茫和不安，只得写信向孙老师咨询。然而，孙老师毫不犹豫地站在了我这一边，鼓励我勇敢追求自己的梦想。他告诉我，只要付出努力，坚持不懈，就一定能够取得好的成绩。他的鼓励让我重新燃起了对未来的希望，也让我更加坚定了决心。

“除了在学业上的帮助，孙老师还教会我许多为人处世的道理。他告诉我，无论在什么岗位上，都要保持一颗谦逊和善良的心。”

单杏花考研了，单杏花参加工作上班了……孙老师一直在默默地关注她、鼓励她。

那一天，单杏花作为党的十九大代表回到母校作报告，满头白发的孙老师坐在台下静静地聆听，为她骄傲。

“如今，当我站在母校的讲台上，作为党的十九大代表向师生们作汇报，我深深地感念孙老师的教诲和影响。老师的教诲让我明白怎样学习、怎样做人，更让我明白作为一名共产党员的责任和使命，让我更加坚定了为人民服务的信念。我将永远铭记孙老师的教诲，为社会的进步和发展贡献自己的力量。

感恩您，孙老师！是您的关爱和鼓励让我成长为今天的自己。在未来的日子里，我将继续努力学习，不断提升自己的能力，为实现中华民族伟大复兴的中国梦而努力奋斗！”

台下响起热烈的掌声，孙老师擦拭着眼角激动的泪水。

单杏花站起来，深深地鞠躬……

求学，山路弯弯

“单家的二闺女考上大学啦！”

“这妮子从小就勤快又好学！”

1991 年的金秋时节，17 岁的单杏花通过自己的发奋努力，如愿以偿考上了大学。录取通知书寄到村里的这一天，消息瞬间传遍小山村。

单杏花成为全村人的骄傲，她可是村子里多年来走出的头一个大学生。

单杏花的父母更是心里乐开了花。为了感激乡亲们一直以来的帮助，单家想请全村人吃顿饭，可是哪里有好酒好菜招待。于是，哥哥带着弟弟妹妹，3 个人来到山里面的小山涧，用竹篓子捕捞了几斤活蹦乱跳的小鱼。母亲和姐姐用家里仅有的黄豆磨出香喷喷的豆腐。因为当时正值炎热夏季，即使最普通的米酒也难以酿制出来，所以名义上请乡亲们喝酒，其实根本就没有酒。母亲只能满含歉意地给乡亲们端上一杯杯清茶。

尽管没有美酒佳肴，乡亲们也非常开心，他们在谈笑间享受着这顿简单而温馨的家常饭。乡亲们纷纷拿出自己的一份心意，他们给单杏花包的红包里有的3块钱、有的2块钱，有的甚至只有几张毛票票。但单杏花心里特别感动，她知道，这些饱含情谊的“助学金”是乡亲们浓浓的爱与殷殷的期许。

怀着感恩、憧憬与希望，单杏花踏上了新的旅程。

小时候在小人书上看见过的古都西安，对单杏花来说，是如此的遥远和神秘，那仿佛是一个只存在于梦中的地方。这座城市承载着悠久的历史和文化，拥有许多著名的历史遗迹和文化景观，著名的秦始皇陵兵马俑、大雁塔，还有钟楼和鼓楼……作为世界瞩目的旅游胜地之一，吸引着来自五洲四海的游客。这座城市沉淀的古老中华文明和丰富的历史遗迹，磁石一样吸引着人们的目光。

怀着喜悦、期待与兴奋，单杏花踏上了求学之路。

从家出发，父亲送女儿去上学，先走山路到思口镇。父亲肩上挑着杏花的行李，一头是被褥，一头是脸盆洗漱用具和饭盒。杏花肩上背着书包，跟在父亲身后，父女俩来到镇上，接着搭车去县城。当车抵达县城时，父女俩就不得不告别了。父亲原本打算将女儿送到学校，但由于实在没钱购买两个人的车票，便只得目送女儿坐上开往景德镇火车站的汽车。这个遗憾，一直深埋在父亲的心里。

头一回出远门的杏花，像离群的孤雁，心里有一种莫名的孤单与不安。几个小时的旅程，她望着窗外不断变换的风景，心里像打翻了五味瓶。

来到景德镇，下了汽车，她感到已经离家很远了，可是还要乘火车去更远的地方。杏花感到自己像大海上的一叶小舟，那种在忐忑、懵懂中奔向未知与希望的感觉，深深攫住了她的心弦，这种感觉，也成了单杏花一直无法忘怀的记忆。

火车，过去只见过没坐过，绿色的、长长的、咣当咣当的，一个个小窗口，里面坐着各式各样的人，人们坐在里面可以吃饭喝水、可以聊天，还可以看风景，火车就像一个移动的大房子，一个流动的大家庭，火车上的人就像一家人……这就是单杏花对火车最初的想象。

几经打听，单杏花终于来到火车站。远远望去，车站广场上那黑压压的人群，让单杏花感到前所未有的压力，心情瞬间跌入谷底。在忐忑与焦急中单杏花排了整整一天一夜的队，终于买到了第 3 天的火车票。此时的单杏花万万没有想到以后会与铁路结缘、与铁路客票结缘。但这难忘的“第一次”则成为她情系铁路的“红线”，成为她初心和使命的起点。

那张不到两指宽的小小火车票就是进站上车的通行证、是踏上旅程的凭证，但买火车票真是太难了！

背着沉重行李的单杏花在进站的时候，看到汹涌的人流是那样拥挤不堪。她只能一边看顾着行李别被挤丢，一边努力地不被别人挤倒，踮起脚尖，努力向前随波逐流地靠近站台。

当期盼的绿皮火车缓缓驶入站台停稳时，车门却因为人流拥挤而无法打开。背着沉重的行李，手里拿着各种物品的单杏花急得几乎要哭出来。最后，只能红着脸求助他人，先将行李物品举进车窗，然后自己被连推带拽地攀进了车厢。

人满为患的车厢里根本无法立足，单杏花只能勉强落稳一只脚，就这样，双脚倒换着，以“金鸡独立”的姿势一直站到南京，13 个小时，那是一种怎样的体验。然而，她离目的地还有很远，在南京下车之后，还要继续乘坐轮渡过长江，到南京北站（旧称浦口站）去乘坐一趟上海至成都的临客，几经周折，两天两夜后终于到达西安。

透过车窗，单杏花第一次看见了外面世界的样子，第一次看见中国真切的样子。这就是大山外面的世界，这就是我们的国家。看着车窗外匆匆闪过的城市、田野，村村镇镇，山山水水，单杏花不禁浮想联翩：我是谁？我从哪里出发？我要到哪里去？这浩大的世界，这熙熙攘攘的人群，我能为这个世界做点什么？我能为别人做点什么？

是的，走出大山的单杏花，更广阔的视野，更大的精神版图开始在她的心中铺展开来。

江西到陕西，从祖国东南到西北，行程千余公里，从南方到北方，不知不觉间，单杏花完成了人生的一次重要转折，从一个花季少女成长为一名大学生。大学几年，甘苦自知的漫漫求学路，每次回家的路途大都如此，憧憬与希望也在一程一程地向前。

考研路上的复读生

西安工业学院，现为西安工业大学，坐落于古都西安，是我国唯一一所以同时发展航空、航天、航海工程教育和科学研究为特色，以工理为主，管、文、经、法协调发展的研究型、多科性和开放式的科学技术大学。

校园环境优美，绿树成荫，鸟语花香，山环水抱，建筑也各具特色。特别是学校里有一间很大的图书馆，藏书很多，琳琅满目。走进大学校园的单杏花，瞬间体验到如鱼得水的感觉，她尽情地在知识的海洋中遨游着。

计算机应用专业是一门涉及计算机科学和技术的学科，这个专业涵盖了计算机软件、硬件、网络、数据库等多个方面的知识。在学习过程中，学生将学习计算机科学的基本原理和技术，包括计算机体系结构、操作系统、编程语言、数据结构与算法等多门学科。通过这些课程的学习，莘莘学子将建立起对计算机系统的整体认识，并能够运用所学知识解决实际问题。

跨上学习的新赛道，单杏花真切感觉到，学校非常注重培养学生的实践能力，比如，软件开发、数据库管理等。她也越来越喜爱自己的专业，在循序渐进的学习中，慢慢形成从微观到宏观，从局部到整体的逻辑思维能力。

大学四年，为了给家里减轻负担，单杏花依然省吃俭用，并且开始勤工俭学，学习上也一直不敢放松，除了爱学与好学，说实话，她也怕稍一松懈就拿不到奖学金，懂事的姑娘生怕父母为她的学费犯愁。所以，她的学习成绩一直都排在班级前 5 名。

随着经济社会的发展，特别是互联网时代的临近，计算机应用专业成为一门研究和应用范围极为广泛的学科。单杏花通过系统学习和实践，初步掌握了计算机科学的基本理论和技术，不断积蓄扎实的专业素养和实践能力，为未来的职业发展打下了坚实的基础。

每天清晨，当第一缕阳光洒进教室时，单杏花已经坐在座位上，专注地翻阅着厚厚的教材。她认真划出重点，写下自己的思考和疑问，不知不觉就到了上课的时间。她深知，走进大学必须只争朝夕，只有通过不断地学习和积累，才能够为自己的未来打下坚实的基础。

除了教室和宿舍，图书馆几乎成为单杏花的另一间教室，是她学习知识和思考问题的大教室。她时常忘记晨昏，沉浸于被书籍和知识包围的氛围里。每当她遇到困难和疑惑，都会主动向老师请教。单杏花如饥似渴地阅读各种专业书籍、学术论文，不断拓宽自己的知识面，在各类知识的点线矩阵中，勾勒着自己的知识图谱。她真切感觉到在知识的海洋中扬帆远航的快乐，也明显感觉到自己的理想有了更高的海拔。

学生宿舍，也是她小小的自习室。每天晚上，她都会认真地整理一天的学习笔记，回顾自己的知识点掌握情况。她还会抽出时间制订第二天的学习计划，确保每一天的学习都能够有计划地进行。她越来越清晰地看见理想的样子，也更加笃信，只要争分夺秒、日复一日地努力，就一定能够取得突破和进步。

大学期间，单杏花几乎不去逛街，也很少买新衣服，虽然生活开销被压缩到最低，但她心中对未来的希望，却一天一天丰富起来、清晰起来。

不论学习多么紧张，锻炼从未间断，单杏花真切地体会到，很多灵感是从运动过程中获得的。人之所以被称之为高级动物，不仅脑子要动起来，身体也要动起来，她坚持每天跑完八百米再去食堂吃早饭，大学四年几乎从未间断。

她也越发喜欢文学和音乐。杏花、桃花、海棠、栀子……每当她在校园散步，欣赏花草树木的四季风韵时，她会捡起飘落的花瓣，轻轻夹到书页中。那些比绢更薄的花瓣，彩线头一样的花蕊，仿佛是一笔笔画出的精致工笔画，诠释着少女素心若雪的情感。在宿舍和教室里，她总是无意中邂逅这些小标本，仿佛知识也被浸染了芬芳。

她喜欢和同学一起参加一些学术讲座和研讨会，拓宽自己的视野。她也会利用周末的时间去参加一些志愿服务活动，为社会和他人奉献一份绵薄之力。

单杏花的考学之路可谓一帆风顺，这当然离不开她的勤奋和努力。然而，人生之路是充满曲折和挑战的，哪里会事事如意呢?

尽管成绩优秀的单杏花在大学期间一直表现出色，但她并没有满足于此。大学毕业那年，她决定继续深造，报考了研究生。统考笔试时，单杏花题目答得非常满意，考试结束后，回到学校遇到了教数据结构的钟联炯老师，他操着一口四川话问道:“单杏花今天考得咋样嘞？”单杏花回道:“钟老师，没问题，四门专业课肯定都能得 90 分以上。”她信心满满地认为自己的表现应该能够达到预期，毕竟有两门专业课是她最擅长的学科，她相信自己一定能够取得好成绩。

然而，当查到分数时，单杏花傻了眼，两门专业课成绩竟然都是齐唰唰的 48 分，结果自然是落榜了。时至今日，单杏花依然不相信这个结果，因为几乎每一道题目她都心中有底。

但落榜是残酷的现实，她知道自己必须面对，可情绪依然低落至极，她在学校里茫然地徘徊着。就在这时，学生处的刘老师找到她，告诉她签约意向单位有消息了："江西弋阳 9369 厂有意向跟你签约。"老师还向她介绍说，"这个单位非常不错，去了之后就能分配到两室一厅的房子。而且那里急需计算机专业人才，对你来说这是一个很好的机会！"

听了老师的话，单杏花明白这的确是一个不错的单位，却不甘心就这样放弃考研的机会："老师，我还是想再考考。"学校尊重和支持她的选择。

毕业典礼过后，同学们纷纷离开了学校，有的走上工作岗位，有的继续深造，只有单杏花怀着复杂的心情留了下来。学校安排她住进研究生院，让她自己进行复习和学习。经历过这次挫折，单杏花实现梦想的决心更大了，再次开始了艰苦的备考之路。她像一枝寒梅，在风雪飘飞的冬日里积蓄力量，等待着属于自己的春天。

苍天不负有心人。

第二年，单杏花以超乎常人的努力，终于圆了自己的研究生梦，她以优异的成绩考入理想的院校深造。这次成功让单杏花更加坚信，也更有底气——只要付出努力，就一定能够实现自己的目标！

铁路客票系统研发起步阶段

第四章 『云台二十八将』

客票总体组
一个肩负特殊使命的小组
朝气蓬勃，风华正茂
28 名青年教师和硕士研究生
“云台二十八将”
如同客票系统的先头部队
从主帅到骨干
理想之火在心中燃烧
因为他们的心里
装着使命与骄傲

莘莘学子，入学就出发

1996年，22岁的单杏花考入华东交通大学研究生院。从本科生到研究生，她在学业追求的道路上又跨上一个关键的台阶，她的信心和底气愈发充盈。

单杏花记得，入学那天她身穿白色棉布连衣裙，脚穿白色运动鞋，短发齐肩，拉着黑色行李箱，笑容灿烂地走进了这所高等学府。

她选择的主修专业是交通运输工程与控制，这是一个未知的新领域。对于她来说，新的校园、新的起点、新的专业、新的期待，一切都是那么新鲜和充满希望。

华东交通大学位于江西省南昌市，是一所以交通为特色、轨道为核心、多学科协调发展的教学研究型大学。学校依山傍水、临江怀湖，集江河湖山于一体；树木葱茏、鸟语花香，汇幽雅青翠于一身。看着清幽秀美的校园环境，单杏花仿佛置身于知识的百花园，似乎空气中都弥漫着思想与学术气息的馨香。

来到位于学校北区中心地带的詹天佑铜像前，单杏花肃然起敬，她仰望着铜像，詹公那坚毅的表情和执着的目光，饱含着忧患和他矢志不移的志向，仿佛能够穿透历史的云烟。

詹天佑，中国近代铁路工程专家，被誉为“中国铁路之父”。他主持修建我国自主设计并建造的第一条铁路——京张铁路，所创设的“竖井开凿法”和“人”字形铁路，闻名遐迩，享誉中外。除了举世闻名的京张铁路，詹天佑还在筹划修建沪嘉、洛潼、津芦、锦州、萍醴、新易、潮汕、粤汉等铁路中，成绩斐然。单杏花每每望着这尊铜像，想到为中国铁路事业呕心沥血的詹天佑，都心潮澎湃，浮想联翩，心中的责任感、使命感油然而生。

“日新其德、止于至善”是华东交通大学现在的校训。再次回到学校，单杏花在校史馆看到了这样的解释：

校训释义：“日新其德”出自《易经·大畜卦》，“止于至善”出自《礼记·大学》。《易经·大畜卦》讲全面繁荣的“大畜”局面要靠“日新其德”的贤才去开创和维护，《礼记·大学》讲修身齐家治国平天下的道理。二篇均有一个“大”字，大学之道正合。

“日新其德”的“德”有两层含义：第一，内在的精神追求。“德者，本也。”德是体，是“内圣”。水有源，木有本，源远自然流长，本固自然枝繁。诗曰：“聿修厥德”，修德是华东交大念兹在兹的根本；第二，外在的实践与结果。“德者，得也。”德是用，是行动，是“外王”。学好专业知识，提升为人民服务的本领，达到“薄施广济”的事功，都属于德的外在范畴。内以外显，外因内成，内外一致。校训中明确点出这个“德”字，体现了学校的价值取向与社会担当。

汤之盘铭曰：“苟日新，日日新，又日新。”“日新”有永不停息、生生不息、与时俱进之意，是一种因地制宜、因人而异、因时而变的状态。“日新其德”包含了希圣希贤的道德追求、自强不息的生命追求、上下求索的科学追求、勇于创新的技术追求。

“至善”就是最高、最好的善，超越对待的善，此处理所当然地赋予了时代内涵。“止于至善”是指决意到达最高的善而不改变、不迁移，是对理想信念的执着追求。

“日新其德、止于至善”二句是因果关系，是递进关系。“日新其德”是因、是途径，“止于至善”是果、是目标。“日新其德”让人知进取，“止于至善”让人知止，合起来便是“知进退存亡”。“至善”就是至正。《易经·乾卦·文言》说“知进退存亡，而不失其正者，其唯圣人乎！”

“日新其德、止于至善”符合马列主义、毛泽东思想，符合科学发展观，是党“全心全意为人民服务”宗旨的准确体现，是党的教育事业的高尚追求。

看着校训，单杏花更加坚定了自己的人生目标。

就在单杏花还未能完全融入新环境、与同班同学建立起深厚的友情时，命运之手向她抛出了意外的橄榄枝，也给了她一个锚定终生追求的机遇。

那是入学不久的一天，导师亲切地叫住了她，递给她一份通知：“这是铁道部刚发来的通知，要求学校选派 4 名师生到铁科院，参与全路客票系统的研发和推广工作。”

单杏花有些激动，意外之中也有些忐忑：“导师，我是新生，刚入学一个月呀！您这么信任我，我怕自己不能胜任这样重要的任务！”

导师微笑着安慰她：“你的本科专业是计算机，而且你在研究生入学考试中取得了第一名的好成绩。这说明你的基本功和学术背景都非常扎实。这是一个难得的机会，你应该去参与学习和研究！我相信你能够胜任！”

后来，单杏花的博士生导师、铁科院的刘春煌教授说：“1996 年 5 月，铁道部部长办公会议做出了一项重大决策：改革传统的售票方式，要尽快建成具有中国特色和自主知识产权的铁路客票发售和预订系统，改变铁路客票发售和运营管理的落后面貌……”说到关键处，刘教授加重了语气，“这是我国铁路客运走向现代化的一项重大决策，是加快铁路走向市场，实现科技兴路的重要举措。国家对铁道部这一决定高度重视，1996 年将该系统建设纳入‘九五’国家科技攻关项目，1999 年又将其列为‘九五’国家科技攻关计划重中之重项目。”

铁科院电子所原副所长李健民深情回忆：“为了实现这一目标，1996 年 6 月，在北京召开了第一次全国铁路客票系统工作会议，铁道部决定以铁科院为主要研发力量，集中全国的技术能力，团结协作、合力攻关。为此，铁科院成立了客票总体组，以电子所为研发工作基地，开发推广铁路客票系统统一应用软件。为此，吸纳来自北方交通大学（现北京交通大学）、华东交通大学、上海铁道大学（现与同济大学合并）、长沙铁道学院（现中南大学铁道学院）、西南交通大学、兰州铁道学院（现兰州交通大学）、大连铁道学院（现大连交通大学）等 7 所铁路院校的 28 名青年教师和硕士研究生参与此项工作。他们后来被誉为‘云台二十八将’。”

这 7 所院校的青年技术骨干与铁科院的团队迅速融合，形成一支颇有战斗力的“八路军”，其中有华东交通大学教授徐尤南、兰州铁道学院教授崔炳谋、长沙铁道学院教授史峰、北方交通大学教授项源金等，总体组组长为时任铁科院电子所所长马钧培所长，副组长为项源金教授。而在这支队伍中，年龄最小、个子不高，双眼炯炯有神的“八路军女战士”，正是单杏花。

火车票今昔

自此，单杏花投身铁路客票事业。说起火车票的前世今生单杏花如数家珍。

火车票是伴随着火车和最早乘火车的人们诞生的。

1825 年 9 月，当英国人斯蒂芬森驾驶着自己制造的“旅行者号”机车，载着 450 多名旅客，以时速 24 公里从斯托克顿驶到达林顿时，世界最早的铁路运输业就此诞生。

1830 年 9 月 15 日，英国利物浦至曼彻斯特的铁路建成，1830 年 9 月 17 日，一趟由英国利物浦至曼彻斯特的列车上首次投入使用火车票，人类历史上出现了第一张火车票。这时的火车票上只印有站名，而发车时刻、乘车日期及发行者签名都要由售票员手写。

随着铁路准时准点和载客量大的优越性日益凸显，乘坐火车的旅客越来越多，靠售票员逐张填写车票信息的办法显然落后了。于是，世界著名的“埃多蒙桑”式火车票，即：一直沿用到软纸式火车票诞生前的硬板式火车票应运而生了。

1841 年，法国巴黎至里昂铁路开通运营后，亦采用了“埃多蒙桑”式火车票，并逐渐演变为后来人们熟悉的标准型车票。

中国的火车票诞生于 1876 年。那时，吴淞铁路是中国第一条办理营业的铁路，上海至江湾段通车营业，旅客颇多。当时，火车票叫“旅客路运单”，旅客路运单上写有旅客姓名、座位号、行李、起讫站名、付款总数等。然而，到了清朝末年，由于当局软弱无能，帝国主义列强纷纷侵占中国利益，先后介入中国铁路的修建和运营。因此，当时火车票的制式也十分混乱，五花八门。

民国初期，火车票则以不同颜色的纸张区分席位。一等火车票乘坐本路车为红色纸票，跨路乘车为黄色纸票；二等火车票乘坐本路车为白色纸票，跨路乘车为绿色纸票；三等火车票乘坐本路车为蓝色纸票，跨路乘车为棕色纸票。

1949年，中华人民共和国成立后，第一代火车票采用的是硬板式火车票，票面上还印有盲文。为了区分快慢车，快车火车票票面印有一条红线，特快车火车票票面印有两条红线。火车票的颜色也有规范，软座火车票为浅蓝色，硬座火车票为浅红色，市郊火车票为浅紫色，简易车火车票为浅绿色，棚车火车票为橙黄色等。

单杏花回忆起当年人工售票的场景，仿佛就在昨天。当时，硬板式火车票都按照不同的方向和车次放在一个分成若干小格子的票箱里，售票员根据旅客要购买的始发站至终点站的名称，到票箱里找到相应的火车票，再打上钢印和日期。如果旅客购买的火车票站点超出预先准备的到站地，就要由售票员人工操作，售票员要根据到站的里程、票价、时刻、停靠站、成人票、小孩票及残疾人票等不同信息，计算车票的有效期和价格。如果没有经过专业培训很难完成这些复杂的计算。当时，售票员卖一张票，最快要两三分钟，慢时则需要十多分钟，导致旅客购票时间长，手续烦琐。

“可以说，火车票是人们进入现代工业文明的‘入场券’。火车票的历史，浓缩着一部工业史和现代史，它从根本上改变了人们远距离迁徙的方式。而排队买票，似乎是被亿万人认可的旅行之前顺理成章、天经地义，又无可奈何的被动性劳动……”娓娓道来的单杏花，镜片后的眸子中闪现着知识分子特有的智慧之光，“而我们的使命就是彻底改变这种落后的购票方式！”

20 世纪 80 年代末，改革开放的前沿阵地深圳，一派欣欣向荣的景象。一些单位、部门的办公桌上，开始出现一个小电视机模样的物件，旁边还有一个算盘大小的键盘，工作人员不停地用手指在上面像弹奏琴键一样敲打着。这种计算机办公方式让人耳目一新，也奏响了互联网时代的序曲。

当时，铁道部选择在深圳火车站进行试点，率先使用计算机售票，车票也改为软纸式火车票。那是几台没有联网的计算机，根据系统里统一设置的票样通过打印机打印出火车票。

尽管是单机作业，也只是试验性质，而且速度并不比手工出票快多少，但其意义非常重大。因为由此开始，铁路逐步开启告别硬板式火车票，拉开计算机出售软纸式火车票的帷幕。

作为票务领域的发展趋势，计算机打印的软纸式火车票的应用，既是对既有技术和业务储备进行了具有重大意义的尝试，也是向铁路智能化发展迈出了关键性的一步。

软纸式火车票，是新中国第二代火车票。还是纸质票，只是将硬纸板变成了软纸。淡粉色底纹的火车票上除了乘车信息，还印有一维条形码。

单杏花从书架上取下一个精致的小盒子，从里面拿出了四种颜色的火车票，这些火车票的颜色经历了从粉红色到淡蓝色的变化。她富有诗意地解读道:“蓝色代表天空的颜色，宁静致远。同时，铁路人都是‘蓝领’，寓意着铁路工人的精神和力量……”除了硬板式火车票和蓝色磁介质火车票，盒子里还有几种现在已经不常见的火车票，这些都让大家倍感亲切。

“粉色软纸票，时间段是1997年至2013年。票面上除了原有信息，还增加了分类信息，比如，空调、软座、特快等。这样一来，旅客方便了，铁路的售票效率也提升了。”

单杏花继续讲解道:“这是一张字母G开头的高铁票，‘G’是高铁拼音的第一个字母，这张车票表面泛着金属光泽，是我们前几年常使用的一种火车票。这种火车票便于自助购票和检票，因为它的材质比较硬一些，可以直接读磁来实现信息判定。

“这是一张现在比较常见电子客票的信息单。这张小单子上除了注明旅客的乘车日期、车次、车厢，还有候车区和检票口等信息。当然，现在很多旅客已经习惯不拿车票进站乘车了。大家只带身份证或者‘刷脸’就可以直接上车。”

这些火车票勾起的不仅是回忆，还浓缩和印证了铁路客运服务的发展与进步。

从1996年开始，我国铁路开始探索互联网售票。多年来，铁路12306客票系统历了经三个时期的建设、七个版本的升级改造，最终实现从硬板式火车票到电子客票的转变，满足了旅客足不出户的购票需求，实现了铁路售票的网络化、现代化。而这其中的每一步，都凝聚着12306团队驰而不息、接续奋斗的智慧与汗水。

偶像马所长

当说起铁路客票系统的发展与成绩时，单杏花和她的同事们都一致认为，如果要寻找中国铁路客票系统的领衔者，非马钧培所长莫属。

1996年，铁道部党组决定启动铁路客票系统研发项目，领衔者正是时任铁科院电子所的所长马钧培。如果把单杏花和几位骨干喻为千里马，马钧培则是他们当之无愧的伯乐。

马钧培出生于1947年，自幼聪颖好学，品学兼优。作为共和国培养的青年才俊，他1970年毕业于哈尔滨军事工程学院（现中国人民解放军军事工程学院），长期从事计算机在铁路运输中的应用研究，是铁路计算机应用领域的知名专家。

其实，马钧培早在20世纪70年代就开始了对计算机售票的探索与研究。1994年，也是由他领衔研究制定了适合我国国情和路情的客票系统总体方案，创造性地提出了集中与分布相结合的三级系统结构，得到国家和铁道部的高度重视。

1996年春天，马钧培所长带领电子所一干人马率先在沈阳站建设计算机售票系统。客票总体组成立后，他又领衔先后组织开发了适应车站售票地区中心和全国联网的中国铁路客票系统1.0、2.0、3.0版本统一应用软件，并坚持先试点后推广的稳步推进的方针，带队进行了西安车站、广州地区中心等联网售票的试点工作。在他的带领下，总体组团队以满足联网售票生产实际需要为己任，高标准严要求，抓住关键技术攻关，精益求精，反复优化程序，取得了各阶段试点的成功。

铁道部客票总体组，是一个以青年为主的老中青相结合的科研团队，也是一个由多名单位骨干员工组成的协同作战的集体，全国十几家科研机构参与工作。而在系统研制和推广过程中，还是以科研人员和车站技术人员相结合的工作集体。

单杏花回忆道:“马所长作为总体组的负责人和当家人，他不仅要考虑整个项目的总体设计、各单位协调、组织科技攻关，还要和我们年轻人一起编程、调试。他既要负责项目的进展，还要关心总体组成员的工作和思想状况。能否攻下难关、按时完成国家交给的任务，能否让覆盖全国铁路的计算机售票系统安全、稳定地运行，千斤重担压在他的肩上。为了心中的事业，怀着崇高的使命感，马所长几乎每天都要忙到深夜，他放弃了节假日，放弃了对家庭的照顾，长年的操劳使他一头青丝变华发，长期没有规律地工作生活，让他患上了严重的糖尿病，身体消瘦了20多斤，仍然一如既往满怀激情地工作，多次放弃疗养机会，一心扑在工作上。可以说，中国铁路客票系统能有现在的成绩，浸透了马所长的心血……”

在马钧培所长的带动下，总体组团队体现出拼搏奉献、团结协作的优良作风。当时，总体组团队里大部分是单杏花这样的年轻人，很多是研究生和刚毕业的大学生，从未参加过大型科研课题和工程项目。但是初生牛犊不怕虎，正是因为有前辈和老师的引领和鼓励，他们面对困难没有退却，而是勇挑重担、刻苦钻研，极为珍惜这难得的学习历练机会，虚心向前辈和老师学习，在实践中迅速成长。

单杏花和伙伴们熟练掌握了客运组织与管理、客户机–服务器结构、UNIX 操作系统、Sybase 数据库、面向对象的现代编程工具、数据仓库等理论和技术，参加了从系统调研、设计、编程、调试、培训、推广直至投产及运行维护全过程。三大技术的关键突破就是这批年轻人在拼搏探索中实现的，他们发挥了生力军和主力军的作用，使总体组成为一个披坚执锐的战斗集体。

他们大多是二三十岁的年轻人，生活中也有与同龄人一样的喜怒哀乐。有的人正在热恋中，享受着爱情的甜蜜；有的人刚刚步入婚姻殿堂，开始新的人生阶段；还有的人已经有了自己的孩子，成为家庭的支柱。然而，他们克服了来自家庭、生活等多方面困难，全身心投入到系统建设的工作中。

“革命人永远是年轻”，如歌曲般催人奋进。总体组团队始终以奋斗者的姿态奋战在铁路科研一线，不为名利，无私奉献。

寒来暑往，他们放弃了多少休息日，已无法计算清楚。多少温馨的夜晚，当人们都在享受假日的欢乐，放松休息的时候，他们依然在机房里孜孜不倦地研讨和工作。

特别是在中秋、春节等重要节日，人们沉浸在阖家团圆之中，却是总体组最紧张忙碌的时候。每当重大节日前夕，他们不是在单位就是正奔赴于各大车站，为确保系统正常运行而不倦坚守。

被问及常年这样工作是否觉得太辛苦时，单杏花笑着说：“一生能有几回搏，马所长带着大家这么拼，我们只感受到更多拼搏的快乐！”的确，看到旅客购票方便了，他们的欣慰和欢乐其实很多很多。

筚路蓝缕，以启山林。就这样，4 年中，马钧培所长带领总体组走遍了祖国的大江南北，每年一个突破，每年一个发展，从中国铁路客票系统 1.0 版本到 3.0 版本，每一个阶段都洒下了他们辛勤的汗水。

铁路客票发售和预订系统的建设，从根本上改变了传统人工售票模式，极大方便了旅客购票出行，并有力推动了客运营销改革。通过加强座席的动态科学管理，用足客运能力，减少列车座位虚拟出售，焕发了铁路客运生产力，增强了铁路客运市场的竞争能力，取得了巨大的社会效益和经济效益，为铁路扭亏为盈立下汗马功劳。多年来铁路客运量和收入持续增长，客票系统建设作出了贡献。

正是马钧培和他的伙伴陈光伟、刘春煌、刘强等一班干将，带领总体组团队攻克了一系列技术难题，取得了一系列科技创新的重大成果，研发出具有我国独立自主知识产权和国际领先水平的中间件软件产品，并获得1999年铁道部科技进步一等奖和2000年国家科技进步一等奖。

莫道桑榆晚，为霞尚满天。退休后，马钧培所长一如既往地关注单杏花等年轻人的成长，为他们的每一份成绩、成果点赞加油。而单杏花也视马钧培所长为长辈和亲人，每逢节假日，无论多忙，也不忘给马钧培所长打个电话，送去关心和问候。

记得那年马钧培所长生病了，在北京辗转几家大医院，给出了不同的治疗方案，一时间令他很困惑，不知该如何决定。于是，马钧培所长把单杏花、李锋、徐彦、谢川成等，他最得意的几位弟子请到医院里，请他们来帮着拿主意。他们都是他最知心、最值得托付的人。

单杏花回忆说：“我们几个查阅了大量资料，经过仔细考虑，给了马所长我们的建议。”马钧培所长康复后，逢人就说：“那是一次艰难的抉择，他们的建议给了我很大信心，我的命就这么被拉回来了……”每次马钧培所长回到北京，单杏花都会抽时间去探望，看着老人家精神矍铄，谈笑风生，她就感到很欣慰。

马钧培所长每每见到单杏花，依然反复叮嘱她要着眼未来，要把铁路客票工作做得更好。马钧培所长对铁路事业有着深深的情结，他心中装着铁路、想着铁路、爱着铁路。

在单杏花的心里，马钧培所长是她一生尊敬的人生导师。

客票系统研发团队在进行系统研发

第五章 12306蹒跚起步

哒哒哒，哒哒哒

马儿奔跑，时针滴答

灵巧的双手如活泼的小鹿

蹦跳，徘徊，呼唤，应答

这美妙的音符

这字符组成的代码

只为让旅客便捷地买到车票

无论咫尺，无论天涯

转战，从九江到南昌

中国铁道科学研究院集团有限公司（以下简称铁科院集团公司）电子计算技术研究所，简称铁科院电子所，这个在 1979 年 5 月 1 日成立的铁路科研机构，是一个专门从事电子计算技术在铁路及其他交通行业中应用的专业研究所。多年来，一代代科研工作者充分发挥铁路信息化建设主力军和先锋作用，为国家信息化事业和铁路运输现代化作出了突出的贡献。

这里也是单杏花和她的师长、同事们挥洒智慧与汗水，耕耘事业的舞台。

早在 20 世纪 70 年代末、80 年代初，马钧培所长就带领团队在广州、深圳、上海等火车站进行过计算机售票试验，试验的成功为后来研发中国铁路客票系统 1.0 版本打下了良好的基础。

1996 年 3 月，在马钧培所长的带领下，铁科院团队带着他们研发的客票系统 1.0 版本赴沈阳北站进行试用。所谓试用，简单来说就是把售票窗口里的票箱搬下来，把计算机搬上去。当时，沈阳北站有 52 个售票窗口，就要将 52 个售票窗口都摆上计算机。经过一个多月的反复调试，当年 5 月 2 日，沈阳北站售出了第一张通过计算机打印出的火车票。这则新闻，当时中央电视台还进行了报道。

1996 年 8 月，铁科院电子所牵头完成了统一售票软件客票系统 1.0 版本的研发，并在西安站再次试用。试用过程中，收集了 58 条意见，这些意见都是当时亟待解决的问题。

1996 年 9 月，铁道部第二次全国铁路客票系统工作会议在西安召开，确定在全国铁路系统推广实施统一售票软件客票系统 1.0 版本。这个决定进一步推动了铁路行业的信息化建设，也为后来的发展奠定了坚实基础，勾勒出清晰方向。

1996 年 10 月，单杏花和伙伴们来到北京，为铁科院科研团队注入新的活力。他们首先学习领会铁道部党组决议精神，了解铁路客票发售和预订系统的技术架构，研究数据库和现代开发工具，阅读消化前期研发的相关程序代码，在此基础上领受开发任务。

这个时候，单杏花的心里既充满好奇，也充满忐忑。虽然她对计算机的专业技术知识有所掌握，但对于如何将这些知识应用到铁路客票系统开发的实际项目中去，她心里没底，更不知从何入手。

既来之，则安之。先干起来再说，不变的是继续把学习放在第一位。

为了提高专业技术水平，单杏花制订了详细的学习和实操计划。除了正常的上下班时间，她还利用午休时间阅读专业书籍，每天至少学习 30 分钟。晚上下班后，她还会在电脑上多操练一个小时，以增强实践能力。晚上睡觉前，她还要再学习至少半小时以上，以确保自己每天都有所收获。

单杏花性格偏于内向，言语不多，她的宿舍和办公室都像一间小书房，堆满了专业书籍。她每天不是在计算机前忙碌，就是在读书、思考，无时无刻不在钻研专业知识。

伙伴们都说，每当夜深人静、万籁俱寂的时候，单杏花敲击键盘的声音特别好听，像钢琴师弹奏出带着节奏和韵律的声音，像“嘈嘈切切错杂弹”更如“大珠小珠落玉盘”。是的，无论走到哪里，只要打开计算机和笔记本，单杏花便孜孜不倦地“弹奏”着她的事业进行曲。

1996 年 12 月，项目负责领导开始给单杏花压担子，派她参与九江、南昌等车站的客票系统 1.0 版本的推广工作，这套系统的主要特点就是将人工售票转化为计算机售票。

走进售票现场，就像战士上了战场。单杏花不负众望，总能迅速发现和解决实际问题，出色完成任务，得到车站和总体组同事的一致好评。没用多长时间，她就能够独当一面了。

在九江站的半个月，刚刚进站落地的售票系统总是出问题。导师为了放手锻炼培养单杏花，便让她独立负责后台和前台很多子系统的调试。那时正值京九线开通，各站、各段的票价很复杂，基础数据庞大，比如，列车时刻、票价、车号、座位号，是否空调、是否加挂、是否停运，等等，都要条分缕析厘清楚才能上线售票。票价要对、结算要对，还要解决改签、退票、学生通票等一系列问题，剪不断，理还乱。面对一堆麻线团般的逻辑和数据，团队边调试、边开发优化。说到这些，单杏花感慨道："那时候，心总是悬着，最怕机器卡壳票出不来，或是票卖错了，钱没收对……"

单杏花清楚地记得，在一个宁静的夜晚，时间仿佛被拉长，马上就要在后台生成票库了。计算机屏幕上的数据密密麻麻地拥挤在一起，让人眼花缭乱。坐在计算机前的她，后背冒汗，手在战抖。单杏花知道，一旦按下那关键的一键，如果生成票库出现错误，那么团队半个月的辛苦努力就会付诸东流。她想象着此时在沈阳北、兰州、成都、长沙等车站的总体组各个小分队的老师、学长也正挑灯夜战，面对一堆枯燥的数据冥思苦想。窗外闪烁的星星和屏幕上的数字一样眨着眼，仿佛在期待和鼓励着她。

就在这时，马钧培所长从北京打来电话，关切地问道："小单啊，有什么问题吗？明天能否顺利上线？"单杏花回答说："没问题，就是有点紧张……"马钧培所长在电话里笑着鼓励她："别紧张，每临大事有静气，大胆些，我相信你，你更要相信自己！"于是她静下心来，深呼一口气，调整好呼吸，鼓起勇气，一键按了下去。当时单杏花哪里知道，她按下去的是铁路客运史上跨时代的一键啊！中国铁路客运的"历史日记"将记住那个时刻：中国铁路沿用百年的人工售票将由此开始逐渐转变为计算机售票。

第二天一早，九江站售票窗口通过计算机打出了第一张火车票。这一历史性时刻标志着中国铁路客运进入了一个全新的时代。就在九江站客票系统 1.0 版本落地成功后，南昌站也请求上线计算机售票系统。南昌站的情况更为复杂，由于售票窗口紧张，白天要用票箱售票，晚上才能调试系统功能。于是，总体组大都要晚上 11 点以后干活，一口气要忙到凌晨三四点钟。

南昌站计算机售票第一天，早晨 6 点开窗售票，刚运行了两个多小时系统就卡壳了。拥堵在售票窗口前的旅客情绪激动，不满的声音、敲玻璃窗的声音，甚至叫骂声不绝于耳：

“这是什么破计算机？就是售票员想偷懒！”

“机器不可靠，还得指望人啊！”

平和一些的旅客则趴在窗口，和满头大汗的总体组团队一起着急。

无奈之下，总体组团队只能赶紧把计算机搬下来，把票箱重新搬回去。

后来问题找到了，是参与工作的铁路局技术人员数据库参数没配好，造成系统内存耗费过大，只能重新建数据库。忙了一天一夜的单杏花和伙伴们又马不停蹄地连夜工作，迅速重建数据库。

铁路局技术人员深感内疚，认为自己在工作中的疏忽给大家添了麻烦，觉得自己没有尽到责任。单杏花却并没有责备他，而是以宽容和理解的态度安慰道："技术是在解决故障的过程中不断完善起来的，这次的事件也是个经验，以后铁路局再自行升级其他系统就有例可循了……"铁路局技术人员被她感动了，感慨地说："小单老师，你虽然年纪不大，却能如此大度包容，我们以后一定认真再认真！"

总体组团队一边调试系统设备，一边与各铁路局客票业务和信息技术团队密切协作。"因为共同的工作目标，我们的情谊就是这么建立起来，从此我们都称自己为'客票人'。大家一起干事时，逐渐形成了'创新、勤奋、严谨、和谐'的'客票精神'。"说起这段参加铁路科技工作的最初体验，单杏花的言语中透着自豪与骄傲。

然而，单杏花在这边忙得不可开交，还没有来得及喘上一口气，突然接到学校的通知，要求她回校参加补考。原来，因为她一直全身心投入在客票系统的工作中，以至于期末考试时，竟然有一门功课没有通过——这主要是因为从她入学以后，还没有在学校上过一节课。说起来真是难为她了。

尽管单杏花每天都抽出时间自学研究生课程，但是由于有的老师一学期都没见过这名学生，所以对她的学习态度非常不认可。这让性格要强的单杏花感到非常愧疚，因为她从小学到大学，学习成绩一直名列前茅，哪里有过不及格和补考啊！

单杏花知道没有别的办法，只有一条路，那就是潜下心来认真学习和补课。

从零开始，1.0到2.0

在客票系统1.0版本开发成功之后，马钧培等领导和专家立即将目光投向了2.0版本——区域联网售票的开发。工作目标是从单点售票转变为优化整个区域的客票资源，以实现工作效率与运输效益双提升。

1997年4月，总体组团队从北京出发，前往广州投身客票系统2.0版本研发试验。让人意想不到的是，对于第一次坐卧铺的单杏花来说，乘火车竟然可以躺着睡觉，这让她既激动又充满好奇。车窗外的景色在变换，伙伴们在包厢里讨论着业务问题，正是热火朝天的时候，乘务员来请大家吃饭。单杏花不由得想起上大学时第一次乘火车的情景，拥挤不堪、汗流浃背，那些历历在目的细节，都清晰地刻印在她的脑海里。

是的，一个从贫困山区走出来的小姑娘，躺在车厢卧铺上，单杏花的心里激动极了，就像怀里揣了一只小兔子，怎么也睡不着。她萌生了一个强烈的愿望：一定要让旅客能够更方便地买到火车票，让每一位旅客都能舒舒服服地乘火车出门。

今天，当我们回望中国铁路客票系统的研发历程就会发现，这项工作并不是一开始就有着清晰明确的宏大目标。当时，在计算机技术和网络信息还未被大多数人所了解和接受的时候，铁路客票系统的研发必然是在一种“摸着石头过河”的尝试和探索中艰难前行的。

在这个阶段，甚至在刚刚起步的时候，铁路客票系统的研发还存在着不小的争议与质疑。为了能够顺利推动项目进展，研发者们必须放下身段，甚至暂时放下他们的顶层设计和高端目标，必须要从服务铁路发展的实际需求出发，通过迂回曲折的方式推动这项技术的推广，从而以实际效果来影响和争取更多的支持者。

由此开始，铁路客票系统发展的关键词是：铁路现实发展需要什么，总体组就设计什么。经过两个多月的研发，广州站和深圳站成功上线客票系统 2.0 版本，引入了区域售票功能：旅客可以在一个站点购买到该区域内往返火车票。这一创新举措彻底改变了以往只能购买从始发站至终点站的单程火车票的历史，给旅客带来了前所未有的便捷，一时间好评如潮。

“过去都是从哪里出发只能在哪里买票，如今竟然可以在一个地方买到往返票，真是太方便了！”

“铁路真是想旅客之所想，急旅客之所急！”

“铁路的服务理念变了……”

铁路客票系统的特点是 7×24 小时连续运转，所以必须保证系统绝对顺畅。由于白天是售票高峰期，无法进行系统的安装、置换和调试工作。因此，几乎所有建设维护工作都只能在凌晨 1 点至 6 点之间进行。在推广任务繁重、时间紧迫的情况下，总体组的同志们都熬成了“夜猫子”，养成了零点以后更“来电”的工作习惯，经常通宵达旦地工作。

单杏花感慨地说：“熬夜和通宵工作，正是在那个时候锻炼出来的能力。”回忆起过去的日子，那时总体组团队经常要在车站工作一整夜，早晨再乘坐火车前往另一个站点，晚上下火车还要继续投入工作。有一次，单杏花和伙伴们在短短 9 天内完成了 7 个车站的客票系统建设，其中一个车站他们连续熬了两个昼夜。

“当时我们并不觉得累，也没有人抱怨。我从前辈们身上学到了科研工作者的担当和奉献，以及铁路人不畏艰难、勇往直前的精神。”单杏花由衷地说。

正是在这种精神的鼓舞下，总体组团队迅速在长沙、重庆、贵阳、昆明、乌鲁木齐、兰州、福州、武汉、上海等地建立起 23 个区域中心。总体组团队看着这些站区在路网图上标注出来，虽然辛苦，但这个苦尽甘来的成果令他们特别有成就感。紧接着，他们又乘势而上，开始向全国铁路推广逐渐完善的客票系统 2.0 版本。

3.0，科学技术推动客票改革

随着成果逐步拓展和系统逐渐完善，总体组团队的信心和底气也逐渐强大起来。1997 年底，马钧培所长和总体组团队提出了一个大胆的计划——全国联网售票。这个想法和概念的出现，标志着中国铁路客票发售方式进入了新的时代——铁路客票系统 3.0 版本时代。

中国铁路客票系统全国联网，总体组成了全世界第一个“吃螃蟹的人”。的确，在那个时候，全世界还没有一个国家能够实现全国范围内的联网售票。虽然美国、法国、德国、日本等国家在铁路客票计算机应用方面比中国起步早，但是这些国家的铁路路网和票种的复杂程度远远无法与中国相比。因为在这些国家，铁路运输的主要客流一般以城际为主，类似于我国的地铁系统，行程短，票价计算简单。比如，日本铁路的票价构成就比较单一，对号入座的比例也只有 20% 左右。然而，与此同时，中国铁路却正处于一个情况复杂的“瓶颈期”，人潮流动，一票难求，且长、中、短途都有，还有长、中、短途之间的衔接与转换。如何又快又好地把车票售卖出去，进而充分利用有限的铁路运力资源，这无疑是摆在总体组面前的一个严峻的课题。

全国铁路一盘棋，实现一窗有票、窗窗有票，一站有票、站站有票，铁路客票系统 3.0 版本的开发应用就是要实现这样一个目标。这就意味着每个车站和售票窗口都能够提供共享的、公开透明的售票服务，不再有各管一段和各管一片的现象。因客票资源不公开造成的“各自为政”和客运资源不透明现象，以及由此造成的资源浪费也将消除。说到底，火车是跨区域运行的，旅客也是跨区域流动的，而客票系统 3.0 版本的推出，正式提出了“异地售票”的概念。这就意味着，旅客可以从北京站买到去上海、广州等地的车票了。

要实现这一目标并不容易。铁路系统是一个庞大的机构，涉及各个区域、各个层面。要打破原有格局进行改革和创新，不但需要勇气，更需要各方的支持、理解与共同努力。只有打破固有观念，通过技术的应用和制度的完善，才能够实现全国铁路一盘棋的目标。只有各铁路局、车站都能逐渐看到效率与效益，才会由畏难抵触变为合力共为。更为关键的是，只有这样，才能从长远角度为旅客提供更加便捷、高效的服务。

立竿见影一般，客票系统 3.0 版本的应用为铁路效益带来了明显提升。几年间，除去新线新增客运能力的因素，铁路客运系统收入年增长率都在 30% 左右，这样的增长速度，无疑是对铁路行业的一种极大的鼓舞和激励。对于当时铁道部和各铁路局来说，这样的成绩无疑是大家都希望看到的。对总体组来说，为此付出的巨大努力和辛劳唯有心知，当他们的付出终于得到认可与回报，大家都感到非常高兴，甚至可以说是欣喜若狂！

“其实，这一切都离不开科学技术的支撑。我们在系统开发的历程中，真真切切地感受到邓小平同志‘科学技术是第一生产力’这句话的含义，正是因为有了互联网时代的大背景，正是有了电子、通信等一系列先进的科学技术，我们才能打造出如此高效实用的铁路客票系统，才能让铁路客运收入年增长率保持在 30% 左右。”单杏花自豪地说。

随着时间的推移，铁路上下逐渐认识到客票系统 3.0 版本科学高效的魅力。大家开始意识到，只有不断引进新的技术，不断提高技术水平，才能在这个竞争激烈的运输市场占据主动。因此，大家开始积极接受和应用客票系统 3.0 版本。

此时的单杏花，经历了南征北战的历练，不仅在业务上如鱼得水，越干越起劲、越干越精通，进而像是打通了“任督二脉”由点到面，触类旁通，也逐渐找到了平衡工作和学习的方法，效率出奇地高，研究生的功课也没有落下。作为一名研究生，她必须通过英语六级考试才能毕业。令人惊讶的是，她仅仅复习了一个星期，就取得了 85 分的好成绩，这让她的同学都对她刮目相看。

然而，唯独导师并不感到意外。他深知单杏花取得的 85 分绝非偶然，这是她多年来厚积薄发的结果。在过去的三年里，单杏花每一天都在努力学习中度过，她对知识的渴望和对学业的投入，才让她取得了如此出色的成绩。

关键时刻，伯乐留下千里马

确实，对于单杏花来说，她在研究生阶段参与铁路客票系统的研发既是一次难得的机遇，也是一次宝贵的历练。然而，当毕业季来临时，她同样面临着找工作这一人生重大课题。

“那时我并不担心找工作。”单杏花笑着说。1999年，单杏花研究生毕业的时候，由于学习成绩和实习表现都相当出色，多家单位都向她抛出了“橄榄枝”。这其中，最让她心动的是中国科学院的录用通知书。

单杏花当时觉得非常幸运。作为一名工科研究生，能够进入中国科学院工作，这是多么令人向往的事情啊！然而，就在她兴高采烈地准备去中国科学院报到时，马钧培所长把她叫到办公室，语重心长地说：“小单啊，这几年你已经是客票系统研发团队的核心成员了，铁路平台如此广阔，我们这个团队也更是像亲人一样，大家携手并肩一起努力，这是多么美好的事情啊！留下来吧，留在铁科院电子所吧！”

面对马钧培所长期待的目光，想到那些亲如兄弟姊妹的伙伴们……单杏花一时无法作出决定。那一刻，她的心里就像架着一台天平，一边是中国科学院的录用通知书，象征着她未来的学术之路；另一边则是总体组“大家庭”，代表着她与同事们共同奋斗的日子。回想起在总体组的经历，单杏花不禁感慨万分。那些年，他们齐心协力，攻坚克难，就像程序中的逻辑模块一样紧密相连，又如同机房里的数据线一样紧密交织。他们已经紧紧地“绑定”在一起！为了一个共同的目标：解决客票问题，更好地服务旅客。总体组团队付出了无数的努力和汗水，这个目标不仅仅是一项任务，更是一份责任、一个使命。在这个过程中，他们相互支持、鼓励，共同成长、进步。

单杏花面临着人生的重要抉择：是继续留在总体组，与团队一起为解决客票问题而努力，还是离开这里，去追求自己的学术理想？这是一个艰难的决定。她知道，无论做出什么选择，都会面临一些困难和挑战。但是，她也相信，无论走到哪里、做什么，她都会怀念在总体组度过的日子。那些日日夜夜的奋斗，那些共同努力的时刻，都将成为她人生中的宝贵财富。

最终，单杏花决定将那份录用通知书珍藏起来，把它作为自己努力奋斗的见证。她要留在总体组，与总体组团队一起继续追求事业梦想。

“好的，那我就留下来吧……”没有豪言壮语，脸颊微红的单杏花微微低下头，内心充满了温暖与感恩。

“好的，那我就留下来吧……”，多么朴实的一句话，却是情定终身的“以身相许”。我们仿佛看到，她像高尔基小说中的丹柯一样，捧出一颗心，献给了钟情的铁路客票事业。虽然“浪费”了进入中科院的指标，还交了1500元“巨额”违约金，但单杏花却感到整个身心仿佛“嫁”给了铁路客票系统。那一刻，她对铁路事业的爱恋又悄然加重了分量。

“秀外慧中，为人热情善良，这是单杏花给大家留下的最初印象。后来在工作中，又发现她是那种学习努力，做事认真，有担当的人，她对待工作一丝不苟，总是全力以赴，这很令人敬佩。我觉得她是块值得雕琢的璞玉，于是就劝她留下来。”马钧培所长谈起这段往事，对自己当年的挽留建议感到庆幸，他的远见和诚恳让单杏花得以在这个广阔的舞台上施展作为。

单杏花说:“我在这个团队中，真正找到了归属感和成就感。”这里有可敬的前辈老师，有肝胆相照的战友，有朝气蓬勃的新兵。温文尔雅的陈光伟、循循善诱的刘春煌、“永远难不住”的徐尤南，还有亲人一般的李锋、朱建生、王明哲、周亮瑾、张志强、王洪业、杨立鹏、吕晓艳、张霞、刘文韬、梅巧玲、王炜炜、朱建军、戴琳琳、刘相坤、李雯、张军锋……如果说客票系统和后来的铁路12306系统是一座历经风雨的丰饶花园，那么单杏花就是其中一束“幸运的映山红”……

单杏花深信自己的选择。她看到了铁路客票系统的潜力和发展前景。她愿意为这个事业奉献自己的力量，为旅客提供更好的服务和体验。她相信，只要和大家一起坚持不懈地努力，就一定能够在这个领域施展作为，收获梦想。

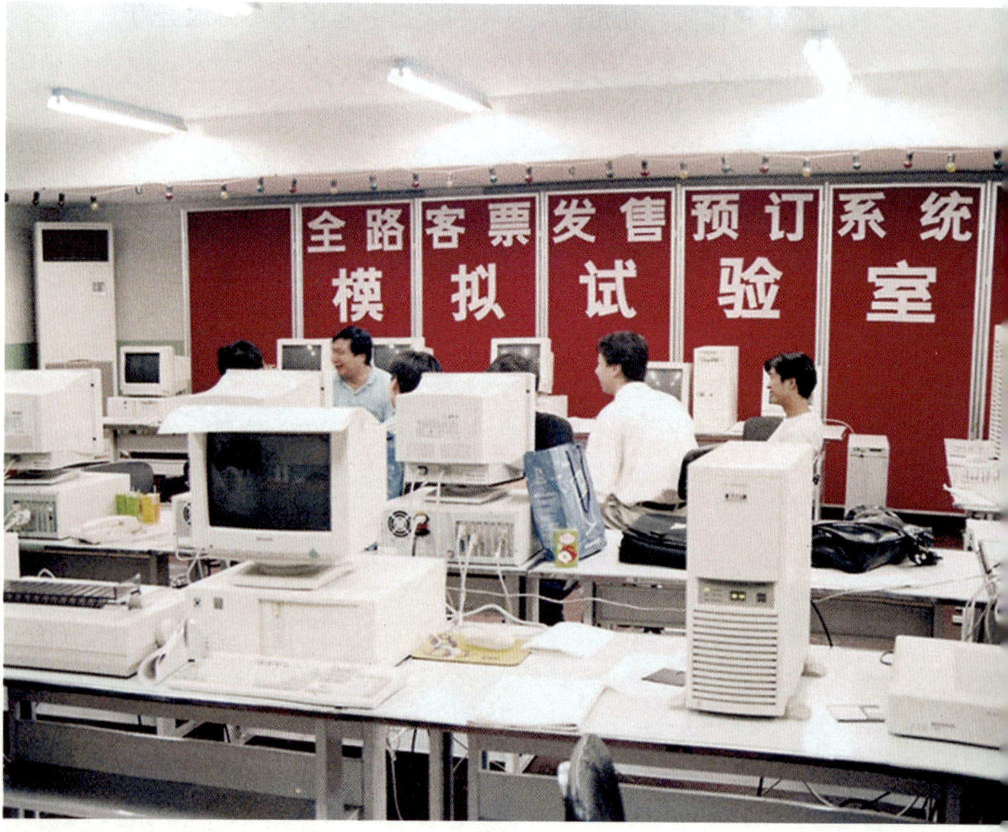

早期客票系统研发实验室

第六章

一心『嫁』给客票系统

“那我就留下来吧”
平凡又朴实的一句话
胜过多少海誓山盟的表达
“那我就留下来吧”
把深深的爱恋无私地献给她
把智慧和灵感无私地献给她
把青春和汗水无私地献给她
把整个身心无私地献给她

5.0，莫为浮云遮望眼

2002年，为了适应客运体制改革和收入清算的需求，铁路客票系统进行了一次重要升级。这次升级将系统版本提升到了4.0，这一版本的推出使得铁路客票信息化得到了进一步发展。其中最引人注目的一项改进，是直达特快列车提前18天预约功能，旅客可以通过这个功能提前半个多月预订直达特快列车火车票，大大方便了旅客，提高了旅客购票的便利性和效率。客票系统4.0版本为铁路客票信息化带来了更加灿烂的前景。

2005年，为了进一步支撑铁路客运改革，单杏花跟同事们携手，继续推动铁路客票信息化的发展。这一次，版本升级的研究与开发推广工作，由单杏花牵头主持。她带领团队，根据顶层设计，重新确定客票系统需求、修改系统结构、完善系统功能，在售票组织策略、列车席位控制等方面取得了一系列重要理论和技术的创新与突破，构建了具备超前适应能力的全新客票系统。即：将客票全部存放在铁路局票务中心服务器内，实现了客票灵活调整，并将剩余客票传输到铁路局域网上，让客票利用最大化。

彼时，“窗口无票，车上空座”还是常见现象。在当时，各铁路局管辖线路的客票也由路局进行管理。比如，郑州站至北京西站的火车票，当时只能由郑州站出售。也就是说，只能在郑州站的售票窗口才能买到郑州去北京的车票，旅客只能到郑州站去排队购票。这样会产生两种情况：一是造成资源浪费。比如，郑州站明明还有郑州至北京的剩余票，而该趟列车沿途停靠的其他车站的售票窗口却会显示无票，沿途车站有需求的旅客就无法购到票，这样必然导致车上有空位。二是旅客购票不方便。如果旅客无法到郑州站排队购票，就不能获得车票。这种各车站和售票窗口之间的信息不对称和资源分配不均，导致旅客购票困难，甚至出现一些车站售票窗口无票可售的情况。这不仅给旅客带来了不便，也造成了客运资源的浪费。

要打破这一局面，必须进行一场客票改革。然而，要在火车票科学运用和分配问题上打破站与站之间、局与局之间多年形成的壁垒，谈何容易！原来由各铁路局、各火车站根据计划管理的客票资源，现在要求都放在公开透明的售票系统中统一售卖，以期实现客运资源的优化配置。虽然这时旅客仍需排队买票，但是避免了在这个车站售票窗口买不到票、而其他地方的车站售票窗口却能买到票的现象，规避了票源死角，在很大程度上避免了客票浪费。

其实，铁路余票计算是一项相当复杂的工作。一趟列车通常会经过多个停靠站，因此余票计算是一种动态、复杂的计算过程。当时，正值铁路客运专线建设如火如荼，旅客列车提质增速，急需改革售票组织，以满足旅客多层次购票需求。为此，总体组提出，以实现客票渠道化、服务手段现代化、运营管理信息化为目标，研发客票发售和预订系统 5.0 版本。单杏花带领团队，根据总体组设计，重新确定了客票系统需求，修改了系统结构，完善了系统功能，构建了具备超前适应能力的全新客票系统。

短短一段话概括的研发历程，单杏花团队跌跌撞撞走过了一年多。2005 年 12 月，单杏花带领近 40 余人团队来到郑州铁路局，启动客票系统 5.0 版本工程落地前的试点转换工作。

12306 技术部副主任张志强回忆起这段经历，依然记忆犹新："2005 年 12 月，我们选择在郑州站进行试点。在切换新版本的当晚，凌晨 3 点左右系统就完成了转换，整个过程非常顺利。接下来，我们需要将所有数据上传到铁路局票务中心，确保所有准备工作都已就绪。同时，为了保证凌晨 5 点开始售票时系统运行正常，我们要先进行一次试运行。我们来到站房，尝试打印出票。因为只有当车票能够成功打印出来，我们才能在 5 点开始对外售票。当时，售票窗都拉着帘子，外面的旅客已经排起了长队等待购票。然而，在试运行过程中却发现系统无法登录，这让我们非常着急，不知道问题出在哪里。因为之前我们已经对整个系统进行了全面检查，没有发现任何问题。

"为了找出问题所在，我抱着笔记本电脑迅速跑到后台分析数据。从票房到机房有一段距离，由于时间紧迫，我直接跑回机房。然而，尽管数据没有问题，系统仍然无法登录。于是，我们决定逐段检查程序代码，并在其中添加一些标签，以便于追踪问题可能出现的位置。在这个过程中，我们终于发现了一个非常隐蔽的问题：系统安装完成后，时间没有同步。当时显示的日期时间竟是七八十年代的日期，而实际上我们需要的是当前日期时间。由于当时技术所限，设备安装过程中导致了日期时间与服务器不同步。发现问题后，我们立即调整了设置。所有人都松了一口气，问题终于得到解决，保证了按时开始售票。”

单杏花说：“这次因为时间不一致而导致的延误差点让我们错过了开窗售票的时间。对于我们来说，客票系统 5.0 版本第一个试点的升级时间至关重要。为了应对可能出现的问题，当时我们采取了一种策略：将 4.0 版本作为备用方案，如果 5.0 版本出现问题，我们将立即退回到 4.0 版本；如果 5.0 版本运行正常，那么我们就成功升级了。就像是一场战役，没有硝烟弥漫，却是惊心动魄。在短短一个多小时的时间里，我们必须找到问题的根源并解决它。当时的情况确实让人紧张不已……”

就这样，单杏花带队先对郑州铁路局技术人员进行新一轮客票系统架构和功能的技术培训，然后以郑州铁路局为中心到新乡、郑州、商丘、开封和洛阳车站，陆续推进系统切换、测试工作，她带领团队一干就是一周。

最难忘的故事发生在深圳。系统升级切换不能影响旅客购票，“所以系统设备的安装、调试工作要在晚上 11:30 售票窗口关闭后、次日早上6:30开始售票前进行。那时年轻，夜里干完活，我早上还能盯售票时系统运行情况。”单杏花回忆起当年带队冲锋的往事，细节依然清晰如昨。

深圳是单杏花这组推进系统升级工作的第10站。团队成员在她手把手的指导下，逐渐能独立开展工作。有一天队员蔡云让单杏花晚上好好休息，白天售票时再盯系统和设备运行情况。但是，“心里惦记着他们和工作，哪里睡得踏实。也幸好是这样，凌晨5点多，距离开始售票还有半个多小时，电话来了，他们喊我去‘救火’。原来因为当地火车票代售点多，数据切换不到新系统，且数据有几千条无法人工操作，情况有点复杂。”

“复杂”就像个口令，调出了单杏花脑海里的“技术大百科”，平常学数据库操作SQL语句时，单杏花曾浏览过一个复杂语句，“因为这种语句效率特别低，只有搞复杂统计时才用。也许可以用它将数据关联导入，结果没用半小时，我们就成功了，没有影响开售时间。”单杏花在谈笑间讲完这个“惊心动魄”的过程。

突破共性问题，解决各车站“个性化”问题，考验临时应急处置能力……就这样，从郑州铁路局到西安铁路局、昆明铁路局、武汉铁路局，再到兰州铁路局、柳州铁路局（现南宁局集团公司）、乌鲁木齐铁路局、哈尔滨铁路局、沈阳铁路局……为客票系统5.0版本顺利升级切换、流畅运行，单杏花带领团队用2个月走完了10个铁路局。

自2006年4月起，客票系统5.0版本开始在全国范围内各大火车站进行推广。这一版本的推出实现了全国联网售票功能，使得旅客可以在任一火车站购买到全国各站的火车票。

2006 年 8 月 25 日，全国 18 个铁路局全部完成铁路客票系统由 4.0 版本升级到 5.0 版本的工作，自此，铁路客运消灭了“有座无票”现象。单杏花和伙伴们的底气和信心更足了。

从 2006 年到 2010 年，随着客票系统 5.0 版本的推出和实际运行数据的测算，铁路客运部门充分利用运能资源，不断释放生产力，帮助铁路客运每年至少增加 30 亿元以上收入。加上铁路运能的突飞猛进，客运收入每年都以近三分之一的速度增长。所以说，科学技术作为第一生产力推动了生产关系的变化。

团队乘势而上，在几年时间里，单杏花带领团队相继进行了铁路客票系统 5.0、5.1、5.2 版本的升级研究与开发推广工作，成功实现了自动售检票、电话订票和实名制售票等功能。这些改进措施使得火车票销售更加便捷高效，在不计入铁路增加列车能力的情况下，每年可多运送 3000 多万旅客出行，等于为铁路多卖出近 3000 多万张火车票。

而在客票系统 5.2 版本的功能中，更是改进了铁路客票系统票库负载调度的能力，能够根据系统资源运用情况将车票调度存放至任意的票库中心服务器上。

单杏花回忆说：“当时我们为什么决定设计 5.2 版本的功能呢？主要是因为在我国北上广等大城市，每到旅游旺季，旅客数量就会急剧增加，购票需求的激增，使得铁路也需要增开大量临时客车，系统压力也会大幅增加。然而，在同一时间段，比如春节前夕，昆明、青藏、乌鲁木齐、兰州、呼和浩特、太原等地区的旅客购票需求不旺盛，系统负荷并不高。因此，我们就考虑将北上广等系统压力大的地区的列车席位负载存放到这些购票需求不旺盛地区，以缓解北上广地区节前系统压力过大问题。当节后系统压力的情况得到缓解，我们再将这些列车席位调回到原地区数据库中。这样一来，就可以充分利用全路地区中心客票系统的计算力，实现资源的合理运用。”

计算力等于生产力。“不畏浮云遮望眼，自缘身在最高层”，从观念和意识上，总体组团队有了豁然开朗的快感。

铁路客票系统自上线以来，从 1.0 版本开始，不断演进，历经 30 多个大版本、500 多个小版本迭代升级，从最初一个售票的“窗口”，逐步成为助力旅客美好出行的“大平台”。

攀登，分秒必争的博士生

众所周知，攻读博士学位，是许多有抱负、有理想的年轻人所向往和追求的青春目标。然而，这条道路充满了艰辛和挑战。对于单杏花这样在工作中不倦追求的人来说，尤其如此。

单杏花自从加入客票总体组后，在不到10年的时间里，通过参与客票系统的研发与推广，主持铁路客运营销分析系统的设计与实施等工作，迅速成长为铁科院电子所的核心技术骨干，并被任命为客票事业部副主任。经历了艰苦的努力，她终于迎来了甜蜜的果实，虽然可以选择一条轻松的道路，然而，她并不满足于此，心中还有更远大的目标。

2005年的一天，单杏花找到了博士生导师刘春煌，表达了自己想要继续深造攻读博士学位的愿望。她告诉导师，自己长期从事客票营销分析研究工作，虽然在这个过程中积累了一些客运业务知识和智能分析技术，但总感到自己的理论知识和学术水平还有很大的提升空间。她隐隐预感到，未来还有更大的事业空间，她必须“深挖洞，广积粮”，提前做好充分的知识储备。

单杏花预感未来铁路领域的计算机、网络技术和智能应用将会有更大潜力。因此，她认为自己有必要趁着年轻多学习，开阔视野，启发思路，争取更加全面深入地掌握相关理论和专业知识。

刘春煌导师对单杏花的进取心表示赞赏，同时也担心她的身体能否吃得消：“小单，我支持你！好学上进是好事，积学储宝，将来能派上大用场。但你工作这么忙，身体又不是十分的好，你能撑得住吗？”面对导师的关切，单杏花郑重表态：“请您放心，我知道读博的过程会很艰苦，但我已经做好充分的心理准备。时间都是挤出来的，我一定会像读硕时一样，努力工作和学习，争取取得双丰收的成果！”

攻读博士学位的过程自然是充满挑战和艰辛的，对于一位职业女性来说，这种压力更是成倍叠加。她需要争分夺秒地在工作、学习和生活之间找到平衡点，这不仅需要巧妙的时间安排，更需要付出超乎常人的努力。单杏花开始全身心地投入到学习理论知识和新技术的过程中，甚至到了废寝忘食的地步。

在铁科院，导师对博士生的要求非常严格。他们不仅需要掌握一门学科领域，还要在这个领域开创新的理论，并将研究理论应用到铁路工作实践中。如此严苛的要求无疑给单杏花带来了巨大的压力和挑战。

博士论文是对博士研究生综合能力的考核，因此，选择一个既能把握又能驾驭的研究方向至关重要，同时，还需要在此基础上开拓新的研究领域。幸运的是，单杏花凭借长期主持铁路客运营销分析系统的经验和技术积累，以及丰富的客运业务知识，成功制定出研究内容和创新点明确的论文研究方向。

单杏花提出了铁路客运收益管理的新思路。

在当时，如何将收益管理的理念和策略引入我国铁路客运的营销活动中，以适应全国范围内，尤其是高速铁路的发展和客运市场营销的需求，还是我国铁路研究领域的一个空白。这个问题不仅是我国铁路发展的一个重要课题，也是客运营销策划领域中迫切需要研究和解决的关键问题。明知山有虎，偏向虎山行。单杏花的博士学位论文课题具有深远的理论意义和实际应用价值。

从事理论研究和成果应用的专家学者都明白，开创一个新的研究领域，提出新的理论、模型和应用模式，这是一项开创性的艰巨任务。没有前人的经验可以借鉴，没有现成的路径可以遵循，甚至没有可以参考的资料。在几年的时间里，单杏花一边努力工作，一边撰写论文，几乎投入了所有业余时间和精力。

付出总会有回报。单杏花成功完成了攻读博士期间的学习、科研和博士论文《铁路客运收益管理模型及应用研究》的撰写等工作，顺利通过答辩。多年来，她的博士学术论文研究成果，在我国铁路客运营销辅助决策系统的不断发展中，发挥了重要的指导作用。

电话订票，烫手的售票热线

大家都知道，现在购买火车票的渠道有很多种，除了可以选择直接在火车站售票窗口购票，随着互联网的发展，还可以通过互联网进行购票，包括手机 App 和自动售票机等设备。然而，除了这些常见的购票方式，曾经还有一个非常重要的购票渠道——电话订票。

单杏花说：“在互联网售票出现之前，电话订票起到了一个重要的过渡作用，同时，也为后来的12306网络售票提供了很多宝贵经验。这不得不说起我们‘28将’之一李聚宝，这个项目是由他牵头开发的，其间我们经常交流沟通、讨论。所以说，铁路12306是一步步壮大起来的，铁路12306能有今天，得益于团队‘众人拾柴火焰高’的合力。”

李聚宝，总体组团队的重要成员之一，也是当年“云台二十八将”之一。单杏花他们都称他为“宝哥”，他为人沉稳，低调内敛。如今，李聚宝已经是铁科院集团公司电子所客电事业部的副主任，当年，他是电话订票项目组的负责人。

2004年，互联网售票还没有普及，春运期间，客票资源非常紧张，仅广州地区就有超过2000万务工人员需要购票回家，但当时广州铁路局只能提供600万张火车票，这使得广大旅客深感“排队难，买票难”。为了解决这个问题，广州铁路局每年都需要在地方租用体育场来售卖火车票。这对人力物力等各方面都是一个巨大考验。

为了缓解客流大量集中所造成的压力，延伸铁路服务模式，铁科院电子所与广州铁路局密切合作，开发出电话订票这一重大项目。李聚宝带领团队在非常短的时间内，完成了系统设计、开发、测试联调等任务，受到了各级领导和旅客的一致好评。

2004年12月8日，广州铁路局电话订票系统正式开通。旅客只需要拨打电话95105105，就可以进入电话订票系统查询车次、预订所需火车票。

李聚宝回忆说:“当然，这个系统在初期也存在很多问题。比如，如果很多人同时拨打电话订票，那么系统是否能够承受这么大的压力呢？我们的系统是按照最大容量5000门电话接入设计的，首先实现了IVR自动语音服务功能。当时，在广州、广州东、广州北、佛山、东莞东和惠州共6个车站先行开办电话订票相关业务。旅客订票时，必须提供有效身份证件号码，每次可以预订不同日期、车次、席别的车票。订票成功后，旅客可以在以上6个车站的任何一个电话订票取票窗口进行取票。”

经过多次调整完善，2006年底，李聚宝带领团队乘势而上，用了不到一个月时间就开通了广东省范围内的电话订票系统。这样一来，原本的实际排队就变成了电话虚拟排队，旅客只需要坐在家里打电话就可以购买火车票了。

2009年，李聚宝带领团队又把电话订票系统推广到上海铁路局、成都铁路局、武汉铁路局、郑州铁路局、南昌铁路局。到2010年，电话订票在全国18个铁路局全面推广。

至此，电话订票在当时成为与窗口购票、自动售票机购票、代售点购票并行的重要购票渠道。

2010年春运期间，使用电话订票的比例已达50%~60%。

然而，那一年的春运期间，电话订票系统出现了重大失误。当时，电话订票系统已经在全国铁路推广应用，但各铁路局使用的设备有所不同，设备上的程序也由设备提供公司编写，由于程序逻辑处理不当，导致电话订票出现问题，有些车票被重复销售，有些则是虚拟销售。

单杏花回忆说："那毕竟是厂家的东西，由于时间紧迫，我们在使用过程中没有进行严格的实验测试和核对，这是我们的一次重大失误。"在火车票紧张的情况下，这种失误导致春运前夕不同方向的列车车票未售出，列车上空余不少席位，这是火车票虚拟销售造成的结果。同时，还有些火车票被重复销售，导致多名旅客持有相同的座位号上车。当时的情况可想而知。

上级领导立即下令，必须争分夺秒采取措施，不惜一切代价确保旅客顺利回家。铁道部运输局营运部领导坐镇指挥，总体组团队逐条检查数据、分析数据，一旦发现哪趟列车火车票被虚拟销售，就迅速通知铁路局组织沿途补票。如果火车票被重复销售，营运部领导就指挥铁路局调车底加挂车厢，同时，列车乘务人员协助处理重复售票的问题。

单杏花认为那年的春运是最艰难的一年。她说："我们知道自己犯了错，心里真是既愧疚又难受。"那年大年三十，单杏花没有回家吃团圆饭，和团队的核心成员默默地吃了几个食堂送来的饺子，就又一头扎进数据中。她回忆道："整个团队都在不眠不休地工作，每天都要忙到凌晨四五点，我们一遍又一遍地检查数据，找出问题所在，然后去解决。"

他们不仅要找出问题所在，还要一遍又一遍地核实数据，确保无误后报告给铁路局，告知哪些列车有空座，哪些列车的哪些座位被重复销售。与此同时，上级领导也在分析问题，并邀请专家来查看程序。其实大家知道仅仅通过查看程序是无法发现问题的，心里的愧疚无以言表。

当时，他们都以为这次失误过后，肯定会受到处分，甚至会被调离岗位或开除。单杏花也有同样的感觉，她说:“我也很难过，当时就等着节后的处理结果。”那年大年初七，当团队将所有数据整理清楚，确认后续的车票销售没有问题后，中午时分，单杏花和几位同事相约来到单位门口的一家小餐馆，打算简单吃个便饭后，讨论一下各自的未来。

出乎意料的是，他们才刚开始吃，就接到了单位领导的电话。领导让他们吃完饭好好休息一下，重整精神，接下来还有更重要的任务等着他们去完成。单杏花形容当时的心情:“我们本来已经心灰意冷，突然之间又看到了希望，感觉自己又被点燃了，真是柳暗花明又一村！”

在经历了这次难忘的挫折之后，上级领导并没有对他们进行严厉的处罚，而是采取了一种更为积极的方式来激励他们。这种做法激发了他们更大的工作热情，使得他们在工作中更加充满干劲。单杏花事后坦言，这件事让她明白了“知耻而后勇”的含义。

总体组团队深刻地认识到“吃一堑，长一智”的道理，从这次经历中，他们总结出了宝贵的经验教训。不仅吸取了教训，还因此变得更加坚韧不拔，步伐更加坚定，当然，安全意识更是得到了明显加强。他们对自己的工作流程进行了全面梳理和优化，使得电话订票系统变得更加完善和成熟。

随着时间的推移，到2011年春运期间，旅客电话订票的比例再次提高，达到70%~80%，这在当时已经成为主要的购票渠道之一。这一成绩的取得，标志着电话订票系统实现了质的飞跃，他们的工作也因此得到了广泛的认可和赞誉。也正因为电话订票的便利性，一些不法分子也开始利用这个渠道进行违法牟利活动。“黄牛党”通过电话预订火车票后，再通过手机信息将实名制火车票流水号高价发售给旅客，从中获利。这些行为严重破坏了火车票发售的公平性，也影响了正常售票秩序。

因此，从那时起，铁路部门开始与这些“黄牛党”进行斗争，这场长期的斗争，也促使铁路客票事业一步步发展和壮大。

就这样在曲折中一路走来、始终向前。李聚宝笑着说：“我们这个项目，在2011年还获得了铁科院科技进步一等奖。”

在李聚宝和单杏花娓娓道来中，可以深切感受到中国铁路客票人的“五敢精神”，那就是：敢于面对、敢于担当、敢于突破、敢于创新、敢于超越。他们都是伴随着中国铁路客票事业成长起来的。如今，经过近三十年的建设，中国铁路客票系统取得了举世瞩目成就，为世人称赞，为国人自豪，这是所有参与者共同努力的结果，是集体智慧的结晶。

一天，单杏花、李聚宝和李锋三人一同漫步在铁科院集团公司的甬道上，春风吹拂着他们的脸庞，让他们感受到了温暖的气息。当他们走到院史馆外，看到了陈列着的老火车、老铁轨、老站台和老信号灯时，他们不禁静默肃立，仿佛这些古老的物件在轻轻地诉说着往事。多年前，他们还是年轻的“云台二十八将”，如今已成为铁科院集团公司的骨干力量。在工作中，他们相互支持，共同奋斗着。每当工余午饭后，他们喜欢一起边散步边聊天，享受着这份短暂的惬意时光。

湛蓝的天空、雪白的云朵、香甜的微风和葱翠的树木，处处都充满了生机和活力。整座铁科院集团公司的建筑颇具历史氛围和学术研究的气息，静谧而肃穆。绿树环绕，花朵点缀，形成了一幅自然美景。当人们在这里行走时，仿佛自己也成了这幅流动的风景画的一部分。

如今的铁科院集团公司已经发展成为一个著名的科技大舞台和科技中心，吸引了许多知识青年纷纷加入。看着当年的青年们，再看着现在的青年们，虽然相隔二十多年，却又让人感觉到历史的惊人相似。

坚持，挺住！

时代不断前进和社会不断进步，社会环境和工作环境也在不断发生变化。在时代发展的洪流中，许多人都经历了思维和观念的转变。

随着计算机技术和互联网技术的广泛应用，使得拥有这些技术能力的专家和骨干成为众多企业和商家竞相争取的对象。他们的能力和水平被视为推动企业发展和创新的关键因素，因此，他们的地位和价值也随之提升。

同时，在这个信息爆炸的时代，八面来风的信息资源和“海阔凭鱼跃，天高任鸟飞”的自由环境，许多年轻的科技人才也正在尝试从现有的体制和机制中破茧突围，一展抱负，他们怀揣着大展宏图的激情，希望能够在更为自由广阔的天地中实现自己的价值和理想。

时间回到2002年，铁路客票系统4.0版本推出之后，客票系统的功能得到了极大的提升和完善。然而，尽管技术进步取得了显著成果，但似乎也陷入了瓶颈期，前方的道路并不明朗。此时，还有一个重要的问题摆在上级领导面前：“现有的这套客票系统能否适应铁路客运快速发展的需求？”这个问题的提出，不仅是对现状的反思，也是对未来的深思。

为了解决这个问题，上级决定在客票系统5.0版本推出之前进行一次深入的需求分析，探索新版本需要解决的核心问题。为此，他们召集了一批曾经参与过客票系统研发的资深专家，同时也邀请了各铁路局的业务专家，共同召开了一次需求研讨会。在这次会议上，专家们畅所欲言，提出了各种意见和建议。

在这次开诚布公的内部研讨会上，总体组团队遭遇了批评。

不少技术专家指出，总体组并没有准确地发现当前客票系统存在的问题和用户的需求，系统的很多设计都是不合理的。这样的否定对于总体组来说，无疑是一个沉重的打击。单杏花原本满怀希望，期待能够通过这次会议得到支持，但结果却完全相反。

那天晚上，单杏花沮丧和失落到了极点，她没有心情吃饭，独自一人回到房间，泪水止不住地流下来，她对工作的热情和努力似乎都被否定了。

时光荏苒，如今回忆起那段经历，单杏花已经能够平静地面对。她坦言：“那是我第一次为客票系统流泪，为团队的挫败而哭泣。那时的我还年轻，内心脆弱，难以承受挫折。但现在回想起来，那些专家的考虑也不是全无道理，我们当时应该以更加开放的心态接受各方面的意见。”

那时，许多新兴的计算机软件公司如雨后春笋般崛起，他们拥有顶尖的人才、前沿的科技理念，以及更加先进的设备。这让总体组团队开始反思：“也许我们的理念和技术已经落后了。”

面对这样的困境，许多人开始思考自己的定位和未来的发展方向。我是谁？我还能做什么？在体制内的科技创新是否还有充分的发展空间？在这样的迷茫中，不少人萌生了走出去闯一闯的念头。

有的人选择重新择业，寻找更适合自己的发展道路；有的人进入机关工作，寻求稳定的工作环境；有的人则选择出国留学，拓宽自己的视野和知识面；还有人决定下海经商，追求更高的经济回报。在“乱花渐欲迷人眼”的大环境中，大家纷纷踏上了各自不同的人生道路。

到2005年，除单杏花之外，最后一名业务骨干，同时也是客票事业部主任，单杏花的闺密李锋也要离开了。离别的时刻，姐妹俩紧紧拥抱在一起，泪流满面，难舍难分。

“说实话，我并不是完全没有动过跳槽的念头。”单杏花坦诚地说，“但是，当我回想起这些年我们一起走过的路，想到我们客票系统从无到有、从小到大的过程，我就无法轻易地离开。这里的每一组数据、每一个代码、每一个程序，都是我们团队辛辛苦苦一点点码起来的。它们就像我们的孩子一样，是我心中的宝贝疙瘩。”

单杏花记得那是2007年的一天，昔日的伙伴们约她出来相聚小坐，她来到约定的饭店，推门一看，十几张熟悉的面孔都在等待着她的到来。他们热情地迎接她，和她分享着创业成果，进而纷纷劝说她加入他们新组建的企业团队。“单杏花，你看看，我们都加入了，现在就缺你这一块关键‘拼图’了。”朋友们满怀期待地说，“你在专业领域的知识和经验是最为丰富的，只要你愿意加入，绝对能够大展拳脚，咱们一起干事业，年薪百万不成问题！”

单杏花坐了下来，问大家：“你们都加入了？”昔日的伙伴们纷纷点头。

单杏花诚恳地说：“把铁路给咱们搭建的平台、创造出的成果和在铁路平台历练出的本领拿出去自己单干，我觉得这样做自己会很愧疚，是辜负了马所长的信任！也让我的理想半途而废了……”听了她的话大家都沉默了，定定地望着单杏花。单杏花坚定地说，“我尊重你们的选择，但是我坚决不离开铁科院！”她缓缓起身，离席而去……

对于单杏花来说，百万年薪的确是一个不敢想象的数字。当时，她每个月工资仅有 4000 元左右，她和爱人在同一个单位工作，一年的收入加起来也不过八九万元。他们蜗居在铁科院分配的小房子里，在北京这样一个繁华都市中过着极为简朴的生活。然而，对于金钱和物质条件，单杏花从未在意过，即使面对如此巨大的诱惑，她也不为所动，她认为这些物质利益并不值得她去全身心地追求。

在她心中，还有更有价值的道义，还有更需要坚守的信念。“我不能辜负这套命根子一样的客票系统，不能对不起铁科院的前辈们。我身后有一个强大的团队支持我，还有我们过去所有的努力和成果，我觉得自己有责任去继续这份事业。”单杏花坚定地说道，对她而言，忠诚和责任远比金钱和利益重要。

是啊，怎么舍得放下呢？系统中这些复杂的逻辑和路径，如同一根根神经和一条条血管，令她魂牵梦绕，牵肠挂肚，更像一组情感密码，等待她去发现、破解和组合，等待她去完成、更新和理解。那些难忘的日子，那一个又一个晨曦、一个又一个黄昏、一个又一个繁星闪烁的不眠之夜、一个又一个挑灯夜战的轮回，她怎能抛下它们不管——那些饱含着自己和伙伴们的智慧与汗水、饱含着旅客体温的滚烫数据，它们就像亲人和朋友一样，陪伴着她渡过每一道难关。

还有那些背着沉甸甸的干粮，不畏艰辛地翻越崇山峻岭，走过几十里崎岖山路的人们。他们经历了无数次的辗转和奔波，终于赶到了火车站，他们站在长长的购票队伍的后面，满怀期待地踮起脚尖，一寸一寸地往前挪动着。而在这庞大的人群中，就有她的亲人，就有当年的自己。

一张小小的火车票，承载了多少期盼、多少辛勤付出的汗水、多少滚烫的眼泪、多少温暖的情意。她希望能够让那些抱着小孩的母亲，不用再挤在售票窗口、汗流浃背地排队等候；她渴望能够让满头银发的父母，不再倚着门框在遥望中担心远方儿女的归途；她盼望那些夹着小凳子、夜以继日地望着星辰熬夜排队的人们，能够躺在温暖舒适的被窝里，轻轻一点手机屏幕，便可称心如意地沉浸在甜美的梦里。

由此，单杏花深切地懂得了不忘初心的内涵。

来吧，数据，统统装进她的大脑里，她和她的团队要挺直腰杆，扛起这杆解决旅客购票难的大旗。

“我之所以没有离开这里，其中也许有命运的安排，但更重要的是我自己从情感上离不开这里。我对这里产生了割舍不断的感情。”单杏花深情说道。

这天，为了铁路客票系统的发展壮大，单杏花拿起笔给上级领导写了一封汇报信，她在信中汇报了客票系统的发展现状，以及她对未来的期许，她这样写道：

> 铁路客票系统自诞生之初，就是一项逐步推进的项目，它凝聚了众多业内外专家长达十余年的智慧与努力。这个系统适应了当前的普速铁路需求，而且在过去的几年中，我们不断对其进行版本升级，使其更加完善。然而，软件的升级与衣服打补丁截然不同，它更像是电脑操作系统从 DOS 进化到 Windows 3.2，再到 Windows 97，每一次升级都使得系统变得更加强大、易用。因此，我坚信我们的客票系统完全有能力适应未来铁路客运的发展需求……

信的最后，单杏花以一名铁路客票系统工作者的身份写下了自己的名字，她的心情既激动又感激。她深知，没有上级领导的重视与支持，所有的努力都将难以为继。

上级领导在接到单杏花的信件后，给予了高度关注。他们不仅单独找到单杏花，深入了解铁路客票系统的当前状况，还给予了她极大的鼓励和支持，让她坚定了继续前进的信心。

单杏花在接受采访时，满怀感激地说：“12306 能够取得今天的成就，绝不是我一个人的功劳。如果没有上级领导的关心和帮助，没有铁科院的高端平台，没有团队多年持之以恒地共同努力，12306 怎么可能走到今天呢？”

已经全身心“嫁”给铁路客票系统的单杏花，面对一个个伙伴的离开，有不舍但没有埋怨。她十分珍惜与他们一起忘我战斗的日日夜夜，更理解他们对生活与未来的选择。后来，当年的师生、同事、朋友还会时常小聚，彼此关心和惦念。

单杏花深刻体会到那句古老谚语“栽下梧桐树，引得凤凰来”所蕴含的哲理。她明白，只有通过自己的努力和付出，才能吸引志同道合的伙伴，共同创造更加辉煌的未来。

的确，随着时间的推移，铁路12306系统不断壮大，它的影响力和吸引力也在稳步增强。曾经离开的小伙伴，再次被这个日益强大的平台吸引，纷纷回归。

这不是简单的回归，而是思想与境界螺旋式的升华。他们再次与单杏花站在一起，并肩投入到新的战斗之中。此时，他们更加坚定，因为他们知道，只有团结一心，才能共创佳绩，才能在铁路事业的长河中留下浓墨重彩的一笔。

师姐李锋，团队的技术骨干，与单杏花堪称姊妹花。离开团队的10年间，李锋做了母亲，尝试过全新领域，也从事过与原技术领域相关的工作，甚至还参与过国内省区乃至国外斯里兰卡、孟加拉等国家的公路售票系统研发。

“真是江湖夜雨十年灯，蓦然回首间，还是原来奉献过青春和汗水的铁路客票系统好，真的好！我们的理想和追求是什么？权利？财富？薪酬？想一想，还是要干事情，干惠及更多人的有意义的事情！这么多年，从心底里佩服杏花……

“那年杏花生孩子，产假休了不到3个月就上班了。她怕大家累……可她干活从不挑剔，总是默默无闻，干得最多，干最苦最累的活儿……我离开团队的日子，想得最多的还是杏花……自己在外面兜来转去，每每回望过往时光，慢慢就有了回家的想法！”李锋望着窗外，眼睛中有晶莹的光芒。

李锋终于回来了。10 年时间，仿佛转瞬即逝。曾经，单杏花是她的得力助手，现在，她成了单杏花的坚强臂膀。姐妹俩再次相拥而泣，但这一次的泪水却有着不同的意义。这抑制不住的泪水不仅淘洗着她们的心灵，更是砥砺着姐妹俩并肩前行的斗志！

归队的李锋迅速融入 12306 团队，成为单杏花的左膀右臂，带领着一个由 10 余人组成的团队，负责 12306 系统的客运服务工作。这 10 年来，她所见、所闻、所感的经历，让她跳出了原有的思维框架，更加清晰地看到旅客和用户的需求。她也更加珍惜自己失而复得的平台与机遇。李锋表示，在心灵与观念的淬炼中，她能够更为积极与理性地看待中国铁路走向知识经济的发展道路和光明前景。

单杏花看着李锋的成长和进步，心中的喜悦难以言表。因为她知道，有李锋的团队将会更加强大，能够更好地了解旅客所思所想，进而为旅客提供更优质的服务。

随着工作的深入，单杏花对铁路客运相关的业务越来越熟悉。她逐渐成为铁路客运领域的专家，人们对她的专业知识和能力越来越认可。随着时间的推移，她和团队对计算机应用技术的了解也越来越深入。铁路系统的用户，只要提出与客运相关的功能需求，她总能给出出色的解决方案。

由于单杏花在铁路客运领域的深厚专业知识和丰富经验，国内外的学习交流活动也日益频繁。许多知名公司，如华为、阿里巴巴、百度等，都多次邀请她去作技术报告。这些机会使单杏花能够与行业内顶尖专家进行交流，也拓宽了她的视野。

2001 年，单杏花赴美国参加 Sybase 和 HP 公司的技术创新交流活动。这次经历让她深入了解到国际先进技术和创新理念，对她的职业发展产生了积极的影响。

2004 年，单杏花前往澳大利亚参加 SAP 技术创新研讨会。这次研讨会为她提供了一个与全球顶尖企业代表交流的平台，她也从中汲取了许多宝贵的经验和见解。

2011 年，单杏花赴德国参加德国铁路股份公司的技术交流。这次交流使她更加了解德国铁路行业的先进技术和管理经验，对她在铁路客运领域的工作有着重要的启发作用。

2014 年，单杏花赴法国参加法国国营铁路公司的收益管理理论和技术交流。这次交流让她深入了解了法国铁路行业的收益管理实践，为她在国内铁路客运领域的工作提供了新的思路和方法。

2018 年 10 月份，单杏花赴日本与日本国有铁道开展技术交流。这次交流使她进一步了解日本铁路行业的先进技术和管理经验，对她在铁路客运领域的工作有着重要的借鉴意义。

站在专业领域的“珠穆朗玛峰”上，视野更加开阔，志向更加远大:“国外有很多值得我们学习与借鉴的地方，从硬件到软件。走出去，多交流，收获大，这样我们成长得会更快。”

在不断地学习交流过程中，单杏花积累了丰富的经验和知识。她不仅学到了新的技术和方法，还结识了许多行业内的专家和同行。能够掌握国际学术最新动态，迅速进入专业领域前沿，开阔眼界，拓宽思路，吸取国际学术界的思想和营养，丰富和提高国际学术交往的能力，将自己的研究成果提升到国际水平。这些经历拓宽了她职业发展的维度，也为她深耕铁路客运领域建功立业打开了眼界，明晰了方向。

她感慨地说:“特别感谢铁科院集团公司对人才的重视和培养。现在铁科院集团公司的所长、中青年博士等骨干，刚来时多半是毛头小伙子、小姑娘，现在都已经成长为各专业的专家了。”

一代一代的铁路客票人，矢志不渝践行伟大铁路精神理念，不懈奋斗，凝聚起攻坚克难的强大合力，为勇当服务和支撑中国式现代化的“火车头”贡献科技力量!

单杏花在普速列车电子客票指挥现场

第七章 博弈，于无声处

斗转星移，星移斗转
系统不断优化完善
看不见的漏洞被一一修改
候补排队，控制风险
供给侧与需求侧精准对接
对可能的风险进行拦截
从优化逻辑到创立逻辑
一场一场坚守与攻坚
完成“纸质客票”
向“电子客票”的精彩蝶变

不停的“敲门者”

在互联网时代，一个被人们所熟知并接受的理念是：当网络访问量达到一个庞大规模时，它所带来的市场和商业机遇会相应变得非常巨大。这其中蕴含着巨大的商业潜力，吸引着无数“商家”。

随着实名制购票的实施，这一理念在现实生活中得到了生动体现。原本在车站倒卖火车票的“黄牛党”，因为实名制的限制，无法再像以前那样通过大量购买火车票然后高价转卖来牟利。于是，他们迅速将“业务”转移到网络上。

在这个转变过程中，各种各样的抢票软件涌现出来。这些软件利用网络技术手段，帮助一些用户在网络上抢购热门线路火车票，从而满足那些因为种种原因无法自己在线购票的用户的需求。这些抢票软件的出现，不仅为“黄牛党”提供了新的“商业模式”，似乎也给旅客带来一种购票选择和“途径”。

这些所谓的“抢票神器”，以“×× 管家”“×× 旅游”“×友”等不同名称出现，试图冒充官方网站，利用旅客急于购买火车票的心理，在通过网络倒卖火车票的同时大肆夹带“抢票加速包”和所谓的理财产品的销售，甚至利用旅客的隐私进行非法活动。

这些“抢票神器”的运作方式是利用软件将旅客填报的需求连续不断地提交到 12306 系统中。机器的点击速度是人类的几十倍甚至上百倍，人类点击一次查询所需的时间是以秒为单位，而机器模拟人类点击查询所需的时间则是以微秒为单位。这些“抢票神器”产生的高海量并发请求会导致 12306 系统堵塞，从而无法为正常上网购票的旅客提供服务。

如果将旅客登录铁路 12306 系统购票的行为比喻为“敲门购票”，那么这些抢票软件就可以被看作是不同类型的“敲门机器”。这些“敲门机器”能够高频次不间断地进行“敲门”，即尝试购买车票。这样一来，“敲门机器”成功购买车票的概率自然比人工购票要大得多。

因此，抢票软件的存在就像排队加塞和霸占售票窗口不停购票的票贩子一样，破坏了公平和秩序。他们通过使用普通旅客不会的技术和算法，以及大量设备资源和网络带宽，来提高购票的成功率。这使得那些没有使用抢票软件的普通旅客在购票过程中处于劣势，难以购买到急需的车票。

此外，抢票软件还可能导致 12306 系统崩溃和网络拥堵等问题。当大量用户同时使用抢票软件进行购票时，服务器可能因承受不住巨大压力而崩溃，导致其他用户的购票体验受到影响。同时，由于抢票软件需要占用大量网络带宽，还会导致网络拥堵，使得其他用户无法正常访问和使用铁路 12306 系统。如此这般，抢票软件的存在对公平和秩序造成了破坏。

尽管每个人都理解这个道理，但在急需购买火车票的时候，许多人仍然会寻求抢票软件的帮助。在这种情况下，那些第三方抢票软件不仅对铁路 12306 系统的稳定运行构成冲击，还会向旅客额外收取高额手续费和改签费。然而，更大的问题在于，这些抢票软件可能会收集并存储旅客的个人信息。旅客在使用这些软件时，往往需要提供一些个人信息，比如，姓名、身份证号码等。这些信息被第三方获取后，很可能会被滥用或泄露，这无疑存在一定的安全隐患，因为个人信息的泄露可能导致身份盗窃、身份欺诈等风险；还可能被滥用到一些旅客并不知道的商业活动中，比如，将旅客的个人信息出售给其他机构或个人，用于广告推送、营销活动等目的。这些行为不仅侵犯了旅客的隐私权，还可能导致旅客收到大量的垃圾信息、骚扰电话等不必要的干扰。因此，使用第三方抢票软件不仅存在经济损失问题，还存在个人信息泄露等风险。

此外，为牟取更大利益，抢票软件还推荐买短乘长、买长乘短，这些行为严重扰乱了铁路的运输组织秩序，影响行车安全。

因此，为了确保铁路 12306 系统的畅通无阻，以及保障广大旅客的权益和安全，“为了还公平、公正于民众”，单杏花带领团队开始与第三方抢票软件展开旷日持久的攻防战。

验证码，想说爱你不容易

2012 年，铁路 12306 注册用户的身份信息还没有与公安部对接。2013 年，随着抢票软件的出现，单杏花团队发现有大量虚假信息在铁路 12306 注册了账户。于是，12306 团队开始将注册用户填写的身份信息与公安部系统进行对接，以验证用户身份信息的真实性。然而，这个措施并没有持续很久，因为抢票软件很快开始搜集真实的身份信息在铁路 12306 上注册，导致很多旅客在购票时发现自己的身份信息已经被注册为 12306 用户，但旅客自己并不知晓，而且处理起来很麻烦，只能到当地火车站验明身份证信息，才能把被冒用注册的用户信息注销掉。

为了解决这个难题，12306 团队采取了一个新的措施——手机号码验证。这就需要旅客将 12306 系统发送的短信验证码反馈回铁路 12306，系统通过短信验证码来确认用户是实际使用人在进行注册。然而，抢票软件又采用了新的手段，使用虚拟手机号码也能够接收和反馈 12306 系统发送的短信，因此，仍然能够利用这些身份信息在铁路 12306 注册账户。

这个过程中，单杏花带领团队不断采取新的措施来应对第三方抢票软件的攻击。他们开发了新技术来应对，但很快就被第三方破解了。他们又开发了新技术来应对破解，很快又被破解了。在这场无形的战斗中，12306 团队绞尽脑汁，紧紧咬住第三方攻击者，毫不退缩。

此后，单杏花带领团队又推出了图形验证码。然而，这一举措像一柄双刃剑，虽然拦住了一些“黄牛党”，但也给网络购票的旅客带来了麻烦。

最初的验证码相对简单，只是字母和数字的组合，但抢票软件很容易就能通过这些验证码。为了解决这个问题，单杏花带领团队开始研究并实施了图形验证和慢速队列等措施，以增加抢票软件识别的难度。然而，这些措施很快被网络媒体炒作起来，比如，网络上曾经流传过几个视频，其中有位网友调侃铁路 12306，说他在铁路 12306 的图形验证码中看到了两杯白酒，让他看图选出哪杯是茅台、哪杯是五粮液；还说验证码又给出几张演员照片，让他看图认人。对此，单杏花后来见人就解释:“我们从来没有出过这样的图形验证码，我们的图片采集的都是日常生活中常见的物品。”

在互联网行业中，攻防战从未停止过。无论是短信验证、图形验证，还是慢速队列，这些都是为了保护系统安全而采取的措施。单杏花说:“要建立一个完整且不容易被攻击或侵入的系统是非常困难的。”

一个典型的例子就是“羊毛党”，这是一个众所周知的群体，他们专门在促销期间抢购低价的促销产品。一旦促销时间段过去，他们就会以高于促销价但低于正常价的价格将这些产品卖出去，从中获得差额利润。而网络“黄牛党”也是为了赚取差额利润，他们都影响了社会公平及市场秩序，并存在一定的隐患。

为了应对这种情况，团队开始研发新的解决方案。最终，他们成功开发出“候补排队购票”和“风险控制系统”。这两个系统功能的引入让验证码的使用量大大减少，从而提高了用户体验感和系统的安全性。

候补，风控，杜绝加塞

当有人问道:“你们会责怪那些使用抢票软件的人吗？”单杏花摇了摇头，笑着说:“我们不会去责怪使用抢票软件的人。抢票软件的出现从另一个层面也反映出供给与需求的不匹配，我们努力去解决它，只有 12306 更好用、自身强大起来，才能更好地满足广大人民群众的需要。”单杏花坦言，“如果没有这些长期拉锯式的博弈与斗争，我们也许还不能成长得这么结实。从某种程度上讲，一个真正的强者也是对手成就的。正是因为身边总有如影随形的对手，我们才会更加努力地去奔跑，才能想跑得更好一点、更快一点。所以有时候我回过头想想，挺感谢这些博弈与斗争，真的挺感谢。”

是的，博弈与斗争，才能锤炼出团队过硬的斗争精神和斗争本领。

为了解决普通用户购票难、铁路 12306 系统访问压力剧增等难题，单杏花带领团队着眼于如何更好满足用户需求、提升用户体验开展调研工作。

调研过程中，团队发现，用户关注点主要集中在当区间有候补订单时能否优先满足候补订单、能否动态设置区间候补队列长度以保证候补兑现率，以及如何体现候补购票的公平性。

思路决定出路，单杏花觉得困顿了很久的大脑忽然开启了一扇“天窗”。

“调研开拓了我们的思路，我们设计在无票时通过‘排队’为旅客提供正规渠道等候购票方案，进入候补即进入排队队列，按照用户支付的先后顺序兑现候补需求，先提交的先出票。”单杏花说。

困难也像多米诺骨牌，又一个难题摆在 12306 团队面前：如何有效把控余票来保障候补需求的兑现？团队经过反复研讨推敲，最终确定结合列车席位数量、时间和旅客退（改）车票数量、时间等，实时计算动态调整候补队列顺序，来优先兑现候补订单。至此，候补排队购票策略诞生了。

单杏花多次阐述：“铁路 12306 要坚决维持购票环境整体公

平、公正，主动从业务逻辑上对第三方代购网站刷票行为进行防范，不让第三方软件‘加塞’，让每一位旅客都享有安心购票的环境。”

候补购票功能于 2018 年 12 月 27 日上线，有效缓解了铁路 12306 系统高峰期的访问压力，大大提高了旅客购票成功率。2019 年国庆期间候补订单就有 100 余万单，兑现率达到 80%。2023 年国庆售票期间单日候补订单最高峰突破 1100 万单。

铁路 12306 系统候补购票服务的推出，极大缓解了供需矛盾，实现了供给侧与需求侧的精准对接，是中国铁路聚焦供给侧结构性改革、互联网 + 铁路信息化的改革之举，也是中国铁路服务升级的重要体现。结合铁路 12306 系统候补购票服务，单杏花进而提出铁路 12306 系统可通过对候补数据的收集和分析，快速、准确掌握旅客实际出行需求，为科学安排运力、合理组织列车开行、精准运力投放提供有效的数据支撑。

在与第三方抢票软件斗智斗勇的过程中，单杏花带领团队又研发出 12306 风险控制系统，简称风控系统。

监控中心的“12306 风控实况”显示屏上面标有：风险分布、风险策略命中分布、风险拦截报警、拦截走势等几大功能板块。电脑防御系统上风险拦截频频弹出新消息。

铁路 12306 科创中心高级工程师张智说：“高频的风险请求对系统的危害是非常大的，对于这样一秒钟成百上千次的访问，如果不采取任何措施，铁路 12306 系统可能就瘫痪了。所以我们就要采用限制访问、慢速队列等方式，对风险进行拦截，保障系统的安全稳定运行。”

风控系统的技术特点是利用海量大数据来做基础信息，用云资源查询等方式，将疑似抢票的流量予以拦截，大量删除网络购票的“霸门者”和“加塞者”，保障系统稳定运行。

电子客票：“无纸化时代”的远方

这是一个具有里程碑意义的历史时刻，标志着铁路客票系统正式迈入又一个崭新的时代。

2020 年 6 月 20 日晚，在 12306 监控中心，在各铁路局站场一线，在国铁集团、铁路局领导的指挥下，在一线工作人员的实操下，全路普速线路开始从传统客票向电子客票切换。

单杏花参与并见证了这一历史性时刻：“监控大屏中，每一座车站都用一盏灯来显示其状态，当票制切换成功时，灯会显示为绿色。看着一盏盏绿灯陆续亮起，直到整个屏幕都被绿色的灯光所覆盖，这种壮观的场景让人震撼！”

就在这天晚上，全国铁路 2000 多座普速车站一夜间实现了票制转换，自此中国铁路客票票制彻底完成了由“纸质客票”

向“电子客票”的精彩蝶变，立足网络时代，实现了铁路现代化生产组织和客运服务体系的全面优化和重构。

回溯几年前，铁路 12306 的正式上线，标志着中国铁路购票方式的一次重大变革。在此之前，旅客需要到车站售票窗口排队购票，而这种方式不仅耗时耗力，还常常因为人流量大而导致购票困难。然而，随着铁路 12306 的上线，这种传统的人工窗口排队购票方式逐渐被数据排队购票所取代。以往，车站售票厅外的购票长龙是每位旅客都难以忘怀的景象，现在，这样的场景已经一去不复返了。取而代之的是另一组队列——站外取票厅开始人头攒动，四面八方的旅客聚集于此，仍能体验到人山人海的“热闹”。

铁路系统始终秉持着为人民群众提供美好出行体验的初心，为了进一步优化旅客的出行体验，2017 年，中国铁路总公司决定在全国铁路实施电子客票。

电子客票也被称为“无纸化客票”，这是一种全新的购票出行方式。旅客只需要通过互联网订购车票，然后凭有效身份证件到车站验证乘车即可成行，实现了“无票乘车”。这种购票出行方式不仅方便快捷，还能大大减少纸质车票的使用，有利于环保。

铁路电子客票是一种以电子数据形式呈现的铁路旅客运输合同，其法律效力与传统纸质车票完全相同。与纸质车票相比，电子客票将原本承载在纸质车票上的旅客运输合同、乘车和报销三个凭证功能进行了分离，实现了运输合同凭证的电子化、乘车凭证的无纸化，以及报销凭证的按需提供。现在，全国铁路推广全面数字化客运电子发票服务，广大旅客已经可以通过铁路 12306 系统开具电子发票，获取报销凭证更加便利。

为了方便旅客使用，电子客票将购票信息与身份信息进行绑定。从进站核验到检票乘车，再到出站，旅客都可以通过刷身份证完成整个过程，无须再提供其他证件或车票信息。进出站检票时，旅客除了可以使用购票时所使用的本人身份证件的原件，还可以通过铁路 12306 手机 App 生成的动态二维码进行验证，从而完成快速、自助进站或出站检票。这种便捷的操作方式不仅节省了时间，还提高了旅客的出行体验。

全面电子客票的推行无疑又是一个前所未有的挑战。

回顾 2010 年，当全面推行车票实名制时，这一制度主要侧重于证件的核验，而并未深入对车票本身的实名制问题进行解决。此外，数据的后台处理难度也极大，对于检票的速度也有着极高的要求。面对这样的挑战，单杏花带领团队，将目光投向新的目标，踏上了打造全国铁路电子客票网的新征程。

那时，单杏花已经成为铁路客票领域的领军人物。面对电子客票在铁路系统的全面推广，她提出了“点、线、面”的发展策略。她解释道:“我们先从一个站点开始，然后扩展到整条线路，接着是整个铁路局，最后实现全国铁路网的覆盖。”为了确保这一策略的成功实施，12306 团队选择了条件相对优越的海南环岛高铁作为试点。经过长达半年的调研、讨论、设计、研发和测试，

2018 年 11 月，电子客票终于在海南环岛高铁进行试点运行。

当时，单杏花带领 20 余人的研发团队来到海口火车站，开始了由点到线、再到面的试点工作。11 月的海口，阳光明媚，气候舒适。海口的街头巷尾，绿树成荫，花草茂盛，椰树亭亭玉立，给人一种热带风情的感觉。与北方的冰天雪地相比，这里仿佛是世外桃源。

海口火车站，一派繁忙有序的景象。这座位于海南省海口市的大型交通枢纽站，是连接海南与内陆地区的重要通道之一。海口火车站是一座现代化的建筑，设计简洁而大气，充满了现代都市气息。建筑外墙采用大面积玻璃幕墙，使得整个火车站在阳光下显得格外明亮。到了夜晚，灯光照亮的整座建筑，晶莹剔透，在城市的夜色中熠熠生辉。

单杏花和团队无暇享受海岛风光，马不停蹄地投入到紧张的工作中。他们将在火车站进行一系列测试和调试工作，以确保系统的稳定性和可靠性。团队的工作目标很清晰，就是通过试点工作来验证他们的研发成果，并为未来广泛推广做好准备。

这项试点工作的主要内容是对电子客票系统进行升级测试。在这个过程中，团队需要确保测试工作不会对旅客的购票体验产生任何负面影响。因此，他们的工作时间要尽量避开白天旅客购票和乘车的时间，要在晚上 11 点以后开始，持续到次日凌晨四五点钟。白天，单杏花还要带领团队在站台和列车上指导、配合相关技术人员进行设备调试和程序测试。同时，密切关注测试过程中出现的各种问题，并及时将这些问题组织相关技术人员进行研究处理。一旦发现问题，团队就要立即采取措施，尽快找到解决方案，以确保电子客票系统的正常运行。

崭新的实验，也是崭新的开始。系统的创新给团队成员带来了信心，也出现了一些意想不到的小插曲。

“海南的光线太充足了，与在北方调试时完全不一样，经常会出现系统识别不成功的情况，这对检票效率造成了不小影响。”第一次面对这种环境因素的影响，单杏花立即组织团队讨论解决措施，最后以采取调整遮光棚和调整误识率等方式解决了这一问题。

“在我们的观察和研究过程中，还有一个意外收获。在检票环节，由于证件成为客票的载体，持有身份证的旅客可以通过快速通道进行检票，大大提高了旅客的出行效率。然而，对于持有其他证件的旅客来说，则需要通过人工输入证件号来进行检票，这个过程相对烦琐，影响了旅客的出行体验，也降低了检票效率，还影响了排在后面的其他旅客。”单杏花说，“虽然持有身份证的旅客在总客流量中占据大多数，但我们的目标并不仅仅是提高大多数旅客的出行效率，而是为所有旅客提供美好的出行体验，无论旅客持有哪种证件。因此，我们开始了多功能证件识别设备的研发和推广工作。”

很快，除了第二代居民身份证外，外国人永久居留证、港澳居民来往内地通行证、台湾居民来往大陆通行证等证件也可以直接刷证检票进站上车了，目前可支持旅客实名制购票和乘车的 25 种身份证件，都无须再使用纸质车票。

“2018 年底，我们的电子客票系统在海南环岛高铁进行了试点工作。2019 年春运客流高峰期，电子客票系统经受住了考验，成功地完成了试点工作。这个结果让我们深感欣慰，也为我们未来的工作提供了宝贵的经验和信心。”说起海南环岛高铁的这次成功试验，单杏花依然高兴不已。

在海南环岛高铁的试点工作中，电子客票系统得到了广大旅客的认可和支持。旅客纷纷表示，使用电子客票系统购票更加方便快捷，不再需要排队等候购票、取票，也不用担心丢失纸质车票等问题。此外，电子客票系统还提供了多种支付方式，方便旅客根据自己的需求进行选择。

这次试验成功给 12306 团队更增添了信心，他们带着经验与收获，立刻投入到沪宁、成渝、昆大丽、广珠四条高铁线路的电子客票试点推广工作中。

与海南环岛高铁相对封闭的线路环境不同，上海、南京、成都、广州和昆明都是我国各区域重要的交通枢纽，这为试点工作带来了更大挑战。在试点推广工作过程中，既要保证试点线路的票制能够成功切换为电子客票，又要保障同一车站出售的其他线路的火车票仍为传统纸质车票。

为了应对这一挑战，单杏花组织团队展开研讨，反复推演旅客购票、乘车等业务环节，既要保证试点线路电子客票准确无误，又不影响其他线路的纸质火车票发售，还要保证同一车站持不同火车票的旅客都能顺利进站乘车。经过缜密研究和推演模拟，最终形成一套完善的试点实施方案。

按照总体安排，四条高铁线路实施试点的时间仅相隔一天。这就意味着，12306 团队在上海完成沪宁线的试点工作后，就要马上赶往成都进行成渝高铁的试点工作。在成都完成工作任务后，要立刻奔赴昆明，推进昆大丽高铁的试点工作。紧接着，还要马不停蹄奔赴广州，开展广珠高铁的试点工作。如果从高空俯瞰，就会看到在中国浩大的版图上，12306 团队在不到一周的时间，用行程轨迹画出了一个大大的四边形，这个巨大的四边形如同 12306 团队的“四维思维”，逻辑严密，有序衔接，诠释着他们高效、专业的工作态度和只争朝夕的工作精神。

经过连续努力，四条代表性高铁线路电子客票转换工作实施顺利完成。这次试点工作不仅为高速铁路电子客票推广积累了丰富经验，也为以后类似工作项目的开展提供了宝贵借鉴。

到 2020 年春运大幕开启时，全国铁路高铁线路和动车组列车停靠站基本完成电子客票推广实施工作。

然而，疫情突然而至，给各个国家的各行各业都带来了巨大挑战。就是在那样艰难的时刻，12306 团队仍然以“咬定青山不放松”的执着，肩负起全路普速线路电子客票推广工作的重任，脚步一刻也没有停下。

针对普速线路的特殊性，单杏花带领团队研发出单独适用普速线路的检票系统。经过不懈努力，于2020年春节前完成了普速站的设备转换准备工作。

那是一段难忘的日子。“那时，我们团队更多是采取视频会议的方式，针对各种退票情况进行深入讨论。大家集思广益，共同设计、研发和测试了一套新的退票功能。让人意想不到的是，仅短短10天时间，我们就成功完成了按原票价‘云’退票功能的研发。更值得一提的是，我们还实现了已取纸质车票的线上退票功能，这一创新举措极大规避了已取纸质车票的旅客到车站排队退票的问题，在当时，为旅客带来了极大便利。”每当回忆起那段充满挑战的日子，单杏花都会为自己和团队的精诚团结感到自豪。

“人民铁路为人民”，这是12306团队常挂在嘴边的一句话，更是大家记在心里的一句话。随着经济的快速发展，人们的生活节奏也在不断加快，对效率的要求越来越高，这对铁路出行也提出了更高要求。

“传统检票模式是旅客持纸质车票通过检票口进行人工检票完成进站，候车时再次经过人工检票完成登车乘车，一定程度上延长了旅客候车时间。我们从提高旅客乘车体验角度出发，深入分析在检票的供给侧如何用信息技术进行赋能，实现快速高效乘车。”

2017年，单杏花带领团队开始了智能检票技术研究。“在研究全面电子客票方案时，之前的检票系统全部需要改动。从哪入手？怎么干？当时我们所有人都很迷茫。”没有先例、没有参照，12306团队一时有些"拔剑四顾心茫然"。

"实际当时她脑海中已经形成了系统的改造框架，那段时间单总几乎是白天黑夜连轴转。出现难点问题大家在一起商量时，大都是她率先思路清晰地梳理细节、脉络，通盘考虑全流程各模块的业务办理规则。"检票研发团队的一名同事深有感触地说。

"试点初期，我们多次深入车站，发现闸机在车次检票高峰时总会显示网络故障，我们必须抓紧时间找到问题所在，并快速完成修复，不能影响现场检票效率。"单杏花当即组织团队一起查找分析原因，"我们发现，检票系统原来属于脱机检票，全面电子客票实施后变成联机检票，之前对检票系统高并发能力估算不足，造成检票高峰时的偶发网络故障。"问题找到了，单杏花带领团队连续工作40多个小时，终于将系统调至最优状态，保障了全面电子客票的正式实施。

单杏花强调："全面实施电子客票是民生大计，电子客票替代纸质车票，受影响最大的就是旅客的出行检票环节，旅客只能使用身份证件直接检票，我们的检票系统设计必须要完善，除了自助闸机的系统改造，人工辅助检票设备与相对应的人工辅助检票方式也必须同步上线，方便旅客、方便车站检票人员。"

之后，在单杏花的带领下，柱式闸机项目和手持检票机项目顺利完成研发，随电子客票的实施同时上线，大大提高了旅客的通行速度和车站的作业效率。系统正式运行后，她又带领团队前往各铁路局和大型车站进行调研和问题收集，针对全面电子客票后续完善功能点逐项进行业务梳理及讨论，并逐项攻克。

是啊，电子客票的推广得益于国家对推动互联网、大数据、人工智能和实体经济深度融合的高端战略，得益于国铁集团的高瞻远瞩，得益于铁科院集团公司的快速部署，得益于 12306 团队的精诚团结、开拓创新。正可谓天时地利人和，才能让 12306 团队一展作为。

客票电子化改革，从表面看只是减少一张纸质车票，而实际上为旅客减少了不少乘车环节，节约了不少时间。日积月累，人们可以用节约的时间做更多事，一方面是节约大量时间成本，一方面是为旅客生活和出行增加了诸多美好的可能。

还有重要的一方面，就是节约了资源。看似一张不起眼的车票，全国铁路行业每天打印纸质车票的用纸量是一个天文数字，可以说，电子客票的推行，保护了一片又一片森林。这些累计和叠加的价值我们只能想象，是无法准确计算的。但更为重要的是，电子客票把节约与环保的理念深植人心，长出另一片更为宝贵的“森林”。

这“一减一增一省”，其中大有善意、深意存焉。体现了铁路用改革创新保障民众美好出行的信心，展示了铁路持续改进服务品质的恒心，彰显了铁路深化供给侧改革的决心，更昭示了“人民铁路为人民”的初心。如今，旅客只需动动手指，就能轻松购买火车票，享受前所未有的便利。电子客票的出现，标志着铁路客运事业迈入了一个崭新的时代。

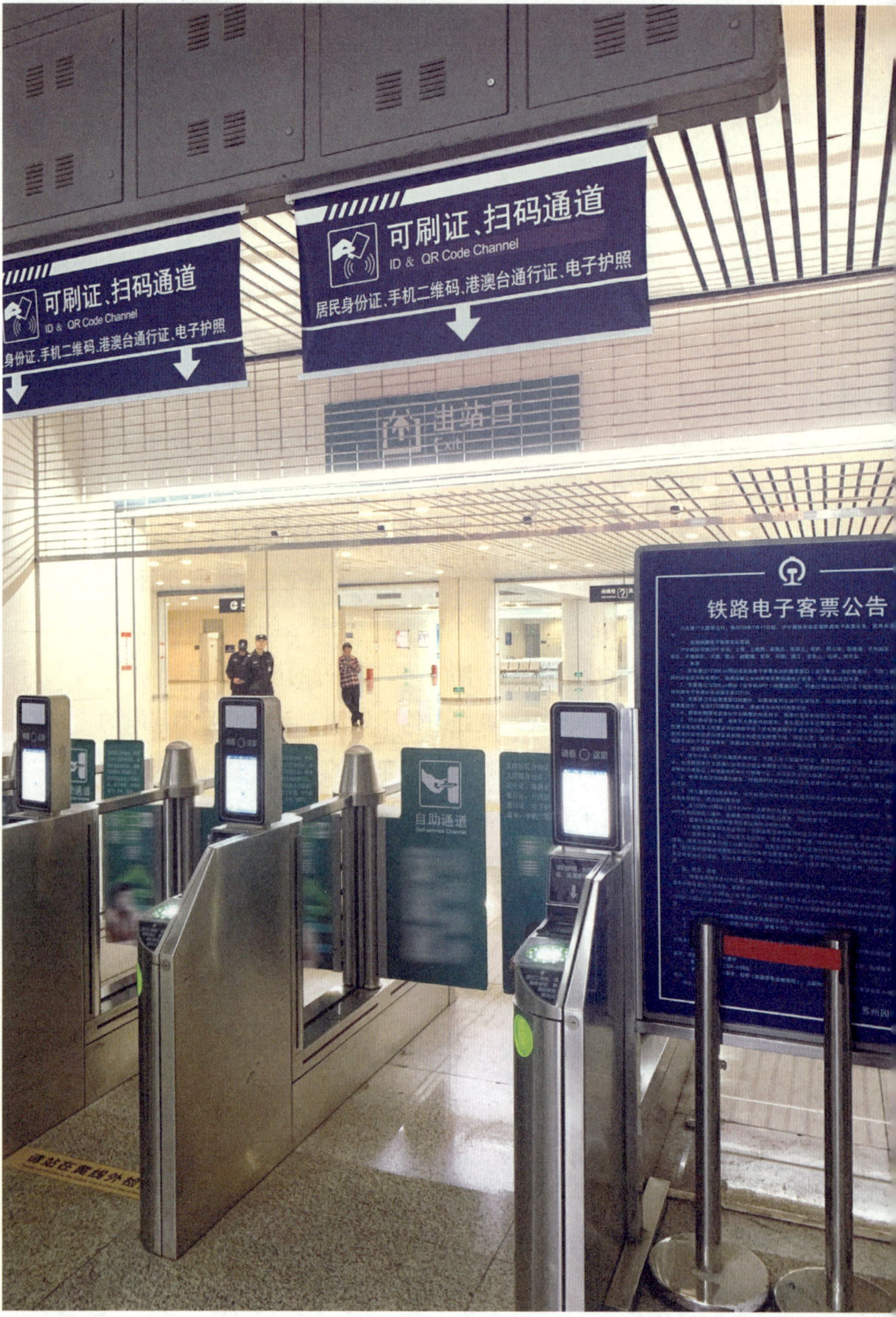

现已普遍应用于车站的人脸识别出站闸机

第八章 编织，路网背后的『网』

这是你们精心培育的花园
每位客票人的心里都有一朵花
每增加一项便民措施
这朵花就增加一片美丽的花瓣
这是你们事业的家，你们的伊甸园
锦上添花，繁花似锦
添砖加瓦，雪中送炭
铁路 12306，是一座锦绣苗圃
更是旅客心中一道亮丽的风景线

“刷脸”，进站新时尚

如今，“刷脸”已成为方便身份识别的普遍方法。早在2018年，12306团队就开始了“刷脸”计划：“利用人脸识别技术进行用户的身份认证，同时增强候补功能，提升旅客购票体验，保护旅客隐私不被侵害，把第三方抢票软件的危害降至最低。”今天，我们可以看到，这个目标已经成为让广大旅客乘车更方便的现实。

以前，铁路12306的客服人员经常接到这样的电话：“在铁路12306注册之后，却无法正常登录，这是因为什么？”客服人员说：“这是因为之前有很多用户的身份信息被填写在抢票软件上，导致账户被他人冒名顶替抢注了。”

针对这种情况，单杏花解释说：“我们目前推出了人脸识别功能。如果旅客通过了‘刷脸’验证，我们就能够通过确认其人脸与身份信息相符，来确认旅客本人已到场。然后，我们会将之前冒名注册的信息注销，让旅客能够重新注册，并顺利使用12306账号。”

随着第二代居民身份证的广泛使用，人脸识别技术应运而生。铁路科研人员自主研发专属于铁路运营的人脸识别算法，并与摄像头拍摄功能相结合。经过无数次的实验室试验、车站检验和现场调试，最终使人脸识别功能成为铁路电子客票的标志性服务。这一技术的应用显著提升了检票速度，实现了旅客的便捷出行，使得凭身份证和“刷脸”进站变得畅通无阻。

2017 年春运期间，北京西站率先开通了人脸识别检票系统，也就是“刷脸”进站，开启了铁路检票服务新时代。如今，全国高铁站均已实现“刷脸”进站，每位旅客进站验证时间最快仅需 1.3 秒，大大加快了旅客进站检票速度。

人脸识别技术的应用不仅进一步落实了铁路乘车实名制，让倒票现象再无可乘之机，同时，也省去了取票检票的烦琐流程，让使用了一百多年的纸质火车票成为历史。如今，“一证通”“一码通”和“一脸通”都已成为现实。

单杏花说:“‘刷脸’进站看似仅仅是旅客检票过程中的一点点改变，但对铁路客票系统来说，是流程的再造、架构的改变、数据的重组，以及软件的重构，在一年零八个月的时间内，团队攻克了‘保证通行效率’这个最大难题，成功实现了我国铁路 2800 多个铁路客运车站电子客票的全部开通运营，实施成果直接惠及亿万旅客。”

单杏花，一位在中国铁路客票事业中发挥着重要作用的女性，她谦虚地将自己比喻为一枚螺丝钉。然而，这枚螺丝钉在铁路事业的熔炉中，不断冶炼锻造，终于成为一枚拧在大联动机关键位置的闪光的螺丝钉。

俄罗斯著名诗人阿赫玛托娃说过，“作为匠人，我懂得手艺”。单杏花也像一位勤奋笃实的工匠，一锤接着一锤，带领团队把客票系统打造得扎实完善。不断发展和完善的铁路客票系统，为中国铁路事业发展注入了强大的软实力。

党的十八大以来，中国交通事业蹄疾步稳，取得显著成效，中国已成为世界上运输最繁忙的国家之一，铁路、公路、水路、民航，客货周转量、港口货物吞吐量、邮政快递业务量等指标位居世界前列。旅客出行更加便捷舒适，出行服务体系更加完善，多层次、差异化的公共交通服务体系加快形成，旅客运输专业化、个性化服务品质不断提升。货运服务更加高效，多式联运等高效运输组织模式创新发展，综合运输效率不断提高，交通运输对国家经济社会发展的支撑显著增强。

我们可以骄傲地说，新时代，中国交通业已经实现凤凰涅槃!

“作为铁路人、客票人，我要用多年的经验和技术积累，利用大数据，优化算法模型，提升列车运载率，做好产品设计，更好地服务旅客出行，创新适合中国铁路运营的决策理论与方法。”单杏花用温柔和缓的语气，说出自信而坚定的工作目标。

通过几年来的架构调整及开源、云计算、大数据等技术的应用，铁路 12306 系统售票服务能力大幅提升，用户体验明显改善。12306 手机 App 售票、自动售取票机、自助人脸识别进站系统、互联网订餐、重点旅客服务预约、遗失物品查找、机器人问询、动车组列车选座和商务座接待等服务，使人们乘火车出行有了更多的获得感和幸福感。

只有站在更高的地方才能看得更远，此时的单杏花，想得更深、看得更远了。用她的话说，交通强国、铁路先行，先行的不仅仅是高铁、复兴号、线桥隧道等硬实力，也要蕴积和打造软实力，发挥铁路 12306 的优势，铁路客票系统作为软实力也要先行。

在她和团队成员的心中还有一个新的追求：铁路 12306，要实现墙里开花墙外香。

2018 年，中国铁路总公司和中国民用航空局签署了《推进空铁联运战略合作协议》，标志着铁路和民航进入融合发展新阶段，拉开了综合交通旅客联程运输大发展的序幕。

于是，满怀抱负与理想的单杏花带领团队启动铁路与其他交通方式联程运输的调研工作。2019 年至 2021 年，调研组辗转于全国各铁路局集团公司、航空公司、机场、公路、水运运输系统调研综合交通联运业务。一路走、一路看、一路学、一路脑洞大开。

2019 年，北京冬奥会综合交通出行“一张票”关键技术的相关课题《运力资源调控与路径规划优化技术》，为实现一体化交通出行提供了重要案例参考与典范。2020 年，国铁集团科研开发计划课题《基于区块链技术的多种交通方式下旅客一站式票务服务应用研究》，实现了兼容电子客票互认与鉴权机制，在铁路

12306 系统上线了空铁联运、铁公水联运和机票、公路票的售票服务，创新空铁组合票、定制客运班线、琼州海峡铁公水联运等联程运输产品，让旅客在 12306 手机 App 上就能轻松实现民航、铁路、公路、水路等交通方式的安全无缝对接，航空、铁路、公路、水路等运输主体之间的客运数据资源共享，形成优势互补，为旅客提供更安全便利的“一站式”智能出行服务。

2024 年 2 月 24 日，人民日报客户端发布了一条消息：

只有在买火车票的时候才想起来打开铁路 12306App，那你可亏大了！除了可以购买火车票，旅客还可以在铁路 12306 购买汽车票、飞机票等。

目前，铁路 12306 系统空铁联运服务已接入中国国际航空股份有限公司、中国东方航空集团有限公司、中国南方航空集团有限公司、春秋航空股份有限公司的机票销售，可覆盖全国 78 个枢纽城市，2000 余条线路；汽车票购买服务覆盖全国 2700 多个车站；琼州海峡铁水联运服务，一次购票，就能在火车、轮船、公共巴士间无缝换乘。

这一切，像通过一根主茎生出不同的枝条，开出不同的花朵，弥漫着共同的芬芳——让旅客出行更便捷，旅途体验更美好。

大数据，开发无尽的“宝藏”

铁路 12306 系统的发展之路，一直伴随着中国高铁发展的脚步。以 2008 年时速 350 公里的京津城际铁路开通为标志，经过 16 年的发展，到 2024 年 9 月 14 日，我国高铁营业里程达 4.6 万公里，占世界高速铁路总里程的 70% 以上，是世界上高速铁路运营里程最长、在建规模最大、商业运营速度最高、高铁技术最全面、运营场景最为丰富的国家。从“四纵四横”到“八纵八横”，中国高铁网扮靓中华大地。从繁华热闹的大都市到安静祥和的小乡村，从冰雪世界到热带海滨，从烂漫花海到雪山脚下，高铁把辽阔的中国大地以前所未有的方式连接起来。

这 16 年间，高铁动车组列车累计发送旅客 196 亿人次。截至 2023 年底，高铁承担了全国 23% 左右的旅客发送量、31% 左右的旅客周转量，承担了铁路 76% 左右的旅客发送量、66% 左右的旅客周转量，基本解决了原来客运高峰期运力严重短缺的难题。

今天的中国已经建成了世界上最现代化的铁路网和最大规模的高铁网，中国的高铁里程比其他所有国家加起来的高铁里程还要多很多。单杏花自豪地说：“今天的中国高铁，‘八纵八横’的骨干网基本建设起来，线路有 700 条左右，火车站有

3000多个，基本上把省会城市全覆盖了，地市级城市覆盖70%以上。开行的旅客列车数量相比以前增加了很多，2006年的时候，开行的列车数，一天只有3000列左右，截至2024年5月1日，高峰时段可以开行12000多列。”

今天，当我们享受着如此便捷的乘车体验的时候，请别忘了在这背后，越来越庞大的铁路网和越来越先进发达的信息系统网络正在为这一切提供有力支撑。

事业平台在立体拓展，眼界在不断打开，观念和意识在持续更新优化。单杏花和同事们很早就意识到，多年以来，铁路客票系统在研发和应用过程中积累了海量数据，将这些积累更新为庞大的“数据云”，就是宝贵的资料，可以转化为生产力乃至新质生产力。

中国铁路客票系统提供了丰富、完整、准确的客票发售生产信息，分析和开发这些宝贵的信息资源，使之服务于客运营销决策，是提高铁路客运市场竞争能力的一项重要任务。说起如今的大数据运用，单杏花说：“从多年前我们就开始着手研究，逐渐积累运用到今天。”

单杏花和同事们探讨最多的话题有两个：一是运用科技手段把客票发售好，把客运资源用足；二是运用好客运海量数据分析，把信息资源分析应用转化为铁路发展的内在动能。

时间回到1999年，客票总体组开始研究采用当时的新兴技术——数据仓库和智能分析理论与工具，以实现上述任务。那时，单杏花和伙伴们为此兴奋得跃跃欲试。

鉴于单杏花的工作能力和钻研精神，时任电子所客票室主任陈光伟把这项重任交给她来牵头负责。如果说过去单杏花主要是参与应用软件程序的开发及系统推广工作，那这次则是担任系统的架构师、设计者和系统实施的组织者，是新兴技术研究和应用的开拓者。

像是乐队的首席提琴手，在掌声中转身成为指挥家。她必须迅速适应角色的转变，学习掌握数据仓库和决策分析新技术。2002 年，单杏花带领团队攻克技术难关，出色完成任务。“那时恰巧赶上她怀孕，其他女同志有的早早就休息待产了，但小单一直上班。后来大家说怕机房有辐射，她就拿个笔记本电脑到别的屋子继续干活……一般情况下，女同志生小孩至少休完产假，可她不到 3 个月就回来了。小单干活从来不挑不拣，还总是主动找我要任务。”说起单杏花，现已退休的陈光伟主任赞不绝口。

开发营销分析系统，就是要对售票生产数据集中管理、查询、分析和辅助决策，要将数据转化为信息进而产生知识，为铁路客运组织高层和决策者提供数据服务。用单杏花的话说，营销分析系统与售票交易系统大不相同，操作的是海量数据，存储技术是多维数据库，处理的是大规模数据检索，任务是获取有价值的信息，需要在学习、消化的同时开拓、创新。

为攻克一个个技术难题，单杏花吃不好、睡不好，老师和同事们看着她圆圆的笑脸一天天消瘦下去，都很心疼。她偶尔也会感到胸口疼和后背痛，但依然废寝忘食地工作着。她巧妙运用商业智能理论，提出了铁路客票数据仓库和铁路客运营销分析系统的完整解决方案。随之围绕数据源组织、数据存储和数据展现等问题，对系统建设中的若干关键技术进行深入研究。经过两年的努力，单杏花带领团队终于建成了以数据仓库为基础的铁路客运营销分析系统，构造出铁路客运企业基础数据，完成了网络化客票发售生产数据的采集，开创了国内行业领域内数据仓库应用先例。

随后，单杏花带领团队乘势而上，按决策支持的需要对数据进行重组，采用了星型和雪花模型进行数据的多维存储，运用智能分析软件从不同角度多维分析客运情况，通过数据统计模型进行客流预测，构建数据挖掘模型来探索客运组织与管理的内在规律性。

不少国内外专家感叹：这样的设计只有具备长期理论研究和实践经验的专家和技术高手才能完成，谁能想到是刚刚研究生毕业工作不足 5 年的小姑娘组织完成的呢！

后来的实践证明，铁路客运营销分析系统的成功研发与实施，为铁路客运组织决策提供了数据支撑，尤其是在每年的春运组织中发挥着不可替代的重要作用。不少业界同仁不得不对这个小姑娘刮目相看。

科技创新永无止境。在中国铁路客运现代化的漫漫征程中，12306 团队开辟了一条条新路径，将新思想、新手段融合于客票系统中，创建了中国特色的铁路客运营销体系。

逻辑，客流与车票投放

在“人民铁路为人民”的服务宗旨指引下，在“创新、勤奋、严谨、和谐”的客票精神感召下，一代又一代铁路客票人不忘初心、牢记使命，紧跟先进信息技术的步伐，坚持需求和问题导向，不断提升铁路 12306 系统用户体验，努力让旅客出行更美好。

单杏花带领团队首次将数据仓库思想应用于铁路客运营销，为铁路建立了客票营销分析数据仓库。以计算机手段实现了铁路各层次的客流密度图编制，建立了适合中国铁路的客流预测模型，为铁路旅客列车开行方案编制及客流高峰期的客运产品动态调整提供了辅助性决策支持，在客流预测、开行方案辅助调整等方面实现了理论和技术上的创新。

就拿火车票来说，如何投放、分配是需要科学调配的。单杏花说:“我们首先要进行客流的预测，预测这趟列车大致的客流形态是什么样的。要保证长途旅客能够买上火车票，沿途的旅客也能够买上火车票。除此之外，我们还利用大数据来进行一些客运产品的优化和提升。比如，武汉站至清远站至广州南站，两个大区间构成一个完整区间，通过历史大数据和模型测算，可以预先算出武汉至清远、清远至广州的乘车人数，使得前两者刚好能构成完整区间。在有限的运输能力下，让更多的旅客买到火车票。这就是我们现在经常看到的‘这个座位上的人下了车，下一站这个座位又有人上车坐下’。”

单杏花回忆，2023 年五一劳动节前，为了旅客更好地出行，12306 团队做了大量数据分析，发现这个节日是探亲流和旅游流的高度叠加，于是就提出了开行方案优化的建议。这个建议被采纳后，北京局集团公司在去东北方向加开了临客列车，在北京至石家庄区间加开了夜间的普速列车。之后，各铁路局集团公司在只有春运探亲时才有的客流线路上均增加了临时列车，保证了旅客的出行需求。

而 12306 团队放在桌面上、存在电脑里，甚至在他们脑海中的那些灵活的处置方案，是他们应对运营高峰期考验的另一项“法宝”。

铁路 12306 科创中心助理研究员周姗琪说：“在 2023 年十一国庆节期间，按照业务主管部门要求，我们主要通过监测余票数量、预售强度、候补量这三项指标，实时掌握车票的缺口量情况，一旦发现缺口量比较大的区间，我们就会立刻将数据实时推送给客运管理部门。”

2023 年中秋、国庆双节期间，出行人数创历年长假新高，其中 9 月 29 日假期第一天，全国铁路发送旅客 2009.8 万人次，这也是历史上首次突破 2000 万人次。针对一些旅客反映的部分热门线路买票难，铁路各部门间的应急协同力量在第一时间调动了起来。

“运输部门会根据既有运输能力和旅客需求，及时决策列车扩编，比如，高铁动车组列车重联、普速列车加挂，以及加开临时列车等，来扩大运能，这也是从根本上解决票源紧张的问题。”周姗琪介绍道。

善于总结、梳理、归纳、分析是单杏花和团队成员共同的工作习惯。她在一次讲座中深入地阐述了铁路客票系统面临的四大挑战。随着社会的发展，铁路交通已经成为人们出行的重要选择之一。因此，客票系统的复杂性和难度也在不断增加。

首先，旅客的需求是不同而多变的。当旅客购买火车票后，可能会因为各种原因改变原有的行程计划，这包括退票、改签或者更改到站。有些旅客可能在进站或上车后，因为某些特殊情况需要终止或变更行程，这时，他们就需要办理退票或改签手续。而有些旅客可能在车上临时决定延长旅行区间，这也会带来一系列的变动。

其次，列车停靠站的数量多，线路组合变化无穷。与航空相比，铁路的一个显著特点是中途可能会有多个停靠站。比如，原G71次列车从北京西站至福田站，中间有17个停靠站，这意味着可能有136种不同的区间组合。而一趟列车通常有1200个席位，这些变化可能导致席位需求数量增加到3000个，甚至4000个。再加上商务座、一等座和二等座的区别，这种变化更为复杂。因此，处理这种庞大的即时变化的席位数据是一个巨大的挑战。

再次，配票策略的复杂性及售票时的精确对号入座要求。铁路售票系统需要确保旅客能够购买到具体的车厢和席位号，这就要求售票系统具有高度的准确性和稳定性。由于同一时间可能有大量旅客同时购买同一趟列车的车票，而且还有线上和线下的购票渠道，这就更是增加了售票的难度。此外，为了避免重复销售，客票系统必须确保每张火车票都是唯一的。

最后，配票时需要考虑多种因素。比如，一名旅客是希望坐在靠窗的位置，还是靠过道的位置。这需要复杂的算法来满足不同旅客的需求。同时，铁路配票还需要考虑运输组织的要求。比如，高铁列车在某些站点的停靠时间可能非常短，如果火车票集中销售在同一节车厢，那就可能造成这节车厢旅客流量大，导致上下车时间紧张。因此，每个站的火车票销售需要分散在不同的车厢中，确保每节车厢都有旅客上下车。

看似只是一张张从甲站到乙站的火车票，这其中的复杂逻辑关系简直可以把人搞晕。

单杏花解释道:“以北京西站至深圳北站的高铁为例，这趟列车将经过 17 个车站，配有 3 种席位。表面看起来，只有 3 个产品，即商务座、一等座、二等座。但实际上，它有 408 种商品。当售出一张北京西站至武汉站的二等座，客票系统就需要立即自动生成一张武汉站至深圳北站之间的同席位二等座，同时取消一张北京西站至石家庄站至武汉站之间的车票。因此，客票系统要实时不停地计算生成新的‘商品’……”

铁路 12306 系统余票查询的算法更是难上加难。旅客每查询一次车票，途经旅客上车站和下车站间的所有列车余票均需计算一遍，以避免造成一票多售的情况。因此，为了满足这一系列复杂的管理要求，是需要依靠大数据来支撑和实现的。

单杏花表示：“在旅客刷证、‘刷脸’进站的过程中，我们需要实现毫秒级的快速验证，并将这些验证与票务信息进行关联。这是我们一直在做的工作，旨在为旅客提供更好的维护和保障。可以说，我们每天面临着一场又一场大考，但我们充满信心和热情，致力于为旅客提供更多的便利和服务。我们的目标只有一个，那就是利用技术支撑站车现场，确保旅客顺利上车并安全到达目的地。”

每当城市夜色降临，灯火辉煌时，尽管很多旅客已经买到了火车票，正享受着旅途的美好时光，但铁路 12306 的工作仍在继续。

用心用情为旅客“画像”

为旅客“画像”，简而言之，就是通过收集旅客的出行数据进行分析，像勾勒出一位熟悉的朋友的形象，慢慢了解朋友的出行规律、习惯和喜好，以便为之提供精准暖心的服务。

铁路部门开发出铁路旅客用户画像系统。该系统通过对铁路用户的行为数据、交易数据等进行采集、加工和分析，形成用户精准画像数据。这些数据可以为旅客提供精准服务推荐和个性化的客运服务，对内提升铁路客户服务能力和行业核心竞争力，对外支撑精准广告投放及开展数据增值服务。

用户画像系统是对现实生活中的用户行为进行数据建模的过程。它以不同的数据维度对用户进行刻画，通过对用户的人口属性、行为偏好等主要信息进行建模分析，从而抽象分析出便于理解的语义标签。通过这些标签来形成一个用户的信息全貌，为进一步分析和利用这些信息提供数据基础。

简而言之，用户画像即用户信息标签化。通过对汇聚的海量用户数据进行分析挖掘，形成每位用户的特征标签集合，以此提供数据服务。铁路旅客用户画像系统利用旅客出行和交易信息，通过数据建模实现标签化。

铁路旅客用户画像系统的建立，填补了铁路信息化的一项空白。12306 团队深深懂得，开发和运用大数据必须在依法合规和确保安全的前提下进行。

多年来，铁路 12306 系统充分利用大数据技术，不断推出创新的服务举措。其中包括电子客票、移动支付、在线选座、“刷脸”进站，以及互联网订餐等服务，这些举措为旅客提供了更加便捷和高效的出行体验。

新一代客票系统是以铁路数据服务平台为基础，构建铁路客运大数据平台。该平台围绕“客运提质”计划，持续优化数据处理、挖掘和增值等环节的模型、算法和应用技术，以构建铁路客运大数据产业链，为铁路客运的创新发展提供支撑。

单杏花自豪地说：“基于铁路客运大数据平台，我们将扩展大数据在铁路客运业务中的应用范围。重点放在运输能力和运输组织优化、市场监测、收益管理、精准营销、售票组织监控（预警、调整），以及风险防控等领域的研究上。通过大数据分析，我们能够更好地了解市场需求和旅客行为，从而优化运输资源配置，提升铁路客运服务的质量和效率。

“依托大数据技术，我们一旦实现高铁网与互联网的有效融合，就会催生许多新的服务项目，比如，旅客接送站、餐饮、旅游、租车、酒店预订等。通过智能推荐和精准服务，我们能够提升铁路客运服务的品质，为旅客提供更加个性化和舒适的出行体验。

“同时，我们也将与其他交通运输方式及交通以外的行业密切合作，共同构建交通大数据业务生态圈。通过推动行业互联互通和数据共享，我们能够优化运输资源配置，为公众提供更加安全优质、便捷高效的智慧出行服务。”

铁路 12306 的大数据库就像一个奥妙无穷的魔方，每一次转动都展现出宽广无限的美丽风景。

12306 客票系统监控运维现场

第九章 软实力，沿着钢轨走出去

沿着钢轨的藤蔓
沿着“一带一路”的长廊
走出去的，还有中国铁路
客票系统智慧的花香
从方便中国旅客
到方便外国旅客
从中老铁路到雅万高铁
铁路软实力有了跨境的力量
服务无国界
便捷与快乐共享

序曲，跨境铁路开先河

广深港高铁，全称为广州经深圳至香港高速铁路，是一条连接广州市、深圳市和香港特别行政区的高速铁路线。这条铁路线是内地与香港之间的重要交通枢纽，对于促进两岸经济交流、人员往来具有重要意义。

自 2015 年起，12306 团队就开始致力于这条跨境铁路的客票系统项目研发。经过几年的努力，该系统于 2018 年 9 月广深港高铁正式通车时完成。

在试验阶段，铁科院集团公司与江苏某公司分别负责中心级客票系统和车站级客票系统的建设。这套客票系统由于特殊原因，在 2020 年 1 月停止运行，2023 年 1 月重新恢复运行。

然而，在此期间，内地的电子客票发展迅速，全国铁路已经完成电子客票的转换。为了方便两地跨境旅客，香港铁路公司决定对其现有的客票系统进行升级，并与内地客票系统融合，以支持电子化业务。这意味着香港客票系统需要与内地客票系统实现联通财务系统的融合，这样一来，业务和财务都能实现跨境办理。比如，购买北京局集团公司担当的跨境列车火车票或香港担当的跨境列车火车票，可能涉及的财务清分的问题。

在此背景下，单杏花带领团队于 2022 年 4 月成功实现了广深港高铁全面电子化的客票系统升级。随后，在 2022 年 10 月，该系统实现了港币电子支付和跨境电子支付退改功能。

铁科院集团公司电子所国际票务部副部长胡志鹏告诉我们："广深港票务系统的最大难度在于地区特点。首先，跨境电子支付的退改是一个难点。由于涉及地区管理政策的要求，在香港使用电子支付时必须使用港币，而不能使用人民币。此外，无论是 POS 软件还是实体 POS 机都不能跨地区使用，这是金融管制的规定。其次，该系统对隐私信息的保密要求比内地系统还要严格。香港有专门的隐私条例来规范这一领域。从计算机录入实名制信息开始，到服务器端发出指令的过程中，所有信息都必须以密文的形式传输。在服务器端解密后，还需要硬件设备来完成解密过程。最后，为了满足这些要求，我们团队在终端引入了专门用于加解密的硬件设备，并在服务器端购置了加密机。通过使用相同的密钥，成功实现了这一要求。"

经过一段时间的精心调试和优化，广深港高铁票务系统在 2022 年 10 月成功完成所有调试工作，这标志着该系统已经具备全面投入使用的条件，能够为广深港地区的铁路交通提供更为便捷、高效的服务。

自 2023 年 1 月起，广深港高铁票务系统正式实现与内地铁路票务系统的互联互通，旅客可以通过该系统购买到广深港高铁与内地铁路的火车票，也可以在内地的铁路票务系统中购买到广深港高铁的火车票。这一功能的实现，极大地方便了广大旅客的出行，尤其是来往广深港的旅客。

单杏花微笑着说："就这样，团队又完成了一道全新的考题。"

广深港高铁票务系统互联互通功能的实现，是一次具有开创性意义的尝试，实现了内地与香港客票系统真正意义上的互联互通。这一创新举措，在更大范围内提高了我国铁路客票系统的整体服务水平。

为中老铁路添彩

"9 点开售，11 点看还有 10 张票，11 点半票没了。"

"火车票太紧俏啦！"

"我 7 点就到车站等开售，买到首发国际列车票，太兴奋啦！"

2023 年 4 月 13 日，各界热盼的首趟中老铁路国际旅客列车——D887 次复兴号动车组列车开行。昆明至万象间实现了火车当日通达。中老铁路，全称中国老挝国际铁路，是一条连接中国云南省昆明市与老挝首都万象的国际铁路线，也是中国与老挝之间的重要交通枢纽。中老铁路国际旅客列车的开行，对于方便沿线民众出行、推动两国旅游等产业发展、促进两国经贸往来和共建“一带一路”高质量发展，具有十分重要的意义。

2023年是共建“一带一路”倡议提出十周年。共建“一带一路”是习近平主席提出的一项重大国际合作倡议，是习近平新时代中国特色社会主义思想的重要组成部分，是推动构建人类命运共同体的重要实践平台。党的二十大报告指出，“共建‘一带一路’成为深受欢迎的国际公共产品和国际合作平台”，并提出了“推动共建‘一带一路’高质量发展”的要求。

共建“一带一路”倡议提出以来，按照党中央部署，国铁集团始终坚持共商共建共享原则，以高标准、可持续、惠民生为目标，持续推进民生工程、民心工程，为推动构建人类命运共同体、畅通国内国际双循环提供了有力支撑和强劲动力。一轨相通，命运与共。共建“一带一路”倡议提出后，中老铁路是首条以中方为主投资建设、全线采用中国技术标准、使用中国设备并与中国铁路网直接联通的国际铁路。

单杏花和团队又迎来新的考验。2020年10月，中老铁路票务系统专项项目组成立，启动系统框架设计，进行系统设计开发。单杏花告诉团队，这一次，他们挑起的是打造铁路客票系统“走出去”示范工程的大梁。

“我们要打开思路，票务产品的设计、研发、运维等全流程务必从国际化视角考虑，充分结合老挝国情、旅客习惯等因素，同时发挥我们所长，在系统设计开发过程中借鉴中国铁路 12306 成熟的技术模式和业务模式。因为‘一带一路’已逐渐铺就，‘服务旅客美好出行’也要沿着钢轨延伸的方向走出国门！”单杏花给团队加油鼓劲。

此后一年，单杏花带领系统工程、票制票样、电子支付等专业团队开发出一套全新的基于微服务、高可用安全架构、全面支持国际联运的老挝客票系统。

的确，经过近三十年的不断发展和完善，中国铁路客票系统已经成为一个庞大且功能复杂的系统，它成功地为数亿用户提供了便捷的购票服务。然而，将这样一套系统移植到现阶段的老挝，会面临很多新挑战。首先，由于老挝铁路刚刚起步，其用户规模和需求与我国相比有很大差距，因此，这套在我国运行正常的庞大客票系统运用到老挝，可能造成很多功能冗余，增加维护成本。其次，对于老挝的铁路工作人员来说，突然面对这样一个功能复杂、操作难度较高的系统，无疑增加了他们的工作难度和工作负担。

多年以来，“啃硬骨头”和见招拆招，已经成为单杏花的工作本能，经过深思熟虑，她提出模块化设计思路。单杏花认为，通过模块化设计，可以实现客票系统的轻量化和定制化，从而更好地适应老挝的实际情况。

此外，12306 团队还充分考虑到未来中老铁路客票系统上线后其他延伸功能的可能性。团队为系统预留了足够的空间和接口，以便在未来可以根据实际需求进行功能扩展和升级。这也为老挝铁路的长远发展奠定了坚实的基础。

老挝是旅游国家，有很多其他国家的游客前来观光游览，怎么能既让游客方便地乘坐中老铁路列车又不影响老挝民众的乘车体验，成了一个难题。

12306团队查询资料、讨论方案、寻找技术实现，最终决定用多币种支付、结算来解决这一难题。他们从汇率换算、尾数处理、票款结算、页面展示等方面展开详细研讨。为了让系统结算又快又准，不因一个数字计算或记录错误导致票款错误、结算不平，会议室的黑板上写满了公式，团队全流程验证方案可行性，确保数据在系统运行时算无遗漏。

同时，客票系统处理售票、改签、退票等业务时还要考虑汇率如何换算、以什么基准换算等问题，这需要制定详细的业务规则。12306团队带入旅客视角，以自己去购买火车票面对这样的规则能否接受为基础，罗列出所有业务场景及处理规则，一遍遍修改。文档里详细记录着操作步骤及系统逻辑，最终确定了便于工作人员操作、便于旅客理解的多币种支付业务规则。

面对新考题，单杏花全身心投入到工作中，没有了节假日的概念。无论在办公室、在其他项目出差途中，还是在家中，她都随时与团队沟通，并肩推进项目工作。她的敬业精神和对细节的关注，使得中老铁路的多币种支付功能得以顺利实现，为旅客提供了更加便捷的购票体验。

2021 年 12 月 2 日，中老铁路正式开通运营，这一历史性时刻让单杏花格外激动。作为项目组一员，她时刻关注着售票数据的变化，目睹售票量稳步上升的趋势倍感自豪。因为她深知，中老铁路的开通不仅仅是一项工程的完成，更是中国“走出去”战略的重要里程碑。这个项目的成功，不仅是对中国企业实力的肯定，更是中国智慧和中国力量的展示。

保障中老铁路的顺利开通和运营，对于 12306 团队来说，仅仅是他们成功闯过的第一道难关。随着项目的深入，一系列新的需求和挑战也随之而来，实名制购票、票据票号管理、互联网售票 App 及老挝支付方式引入等需求，因为 12306 团队的“时时放心不下”纷至沓来。

这份“时时放心不下”饱含着他们对旅客满意度和售票员、运管中心客运工作人员工作的时刻挂心。单杏花多次前往昆明局集团公司调研考察，与团队一线工作人员通话累计时长近百小时，将大家热盼解决的问题逐一解决。就这样，在不断优化完善已上线服务系统的同时，2022 年 3 月，12306 团队启动了中老铁路互联网售票系统建设项目。

为了设计出一款符合老挝本国居民使用习惯的互联网售票手机 App，并在未来能够打造为一体化服务平台，单杏花带领团队进行了一系列的调研工作。他们首先关注中老铁路开通后的窗口售票情况，通过实地观察和与旅客交流，全面了解旅客购票行为的特点和需求。

基于这些调研结果，12306 团队开始着手设计中老铁路互联网售票系统方案。方案形成后，团队积极联系老挝铁路职工，征集他们对手机 App 操作的意见，从而进一步完善设计方案。在整个研发过程中，12306 团队始终将用户需求和技术发展放在首位，努力为老挝人民提供一个便捷、高效的购票平台，同时也为未来一体化服务平台奠定坚实基础。

经过数周的精心打磨，12306 团队最终完成了一个网络架构安全、业务流程合理、操作界面简洁的互联网售票手机 App 的设计方案。这个设计方案充分考虑了用户体验的重要性，通过简化操作流程和提供直观方便的操作界面，使用户能够轻松地完成购票过程。同时，团队还注重系统的安全性，采用了多种安全措施来保护用户的个人信息和支付数据。

2023 年 3 月 15 日，为中老铁路量身打造的互联网售票手机 App 正式上线，这不仅标志着中老铁路客运信息化水平的进一步提升，也为旅客出行带来了前所未有的便捷和高效。从此，老挝铁路正式迈入互联网售票新时代。

单杏花说：“作为铁路科技工作者，特别是作为客票系统的科技工作者，不就是一群专啃‘硬骨头’、服务旅客出行的人吗？”这句话深深体现了铁路科技工作者的职业精神和责任感。他们以专业的技术和热情的服务，为旅客提供更加便捷、高效的出行体验。

出征雅万

2023年10月2日，这又是一个值得纪念的日子。这一天，印尼和东南亚的第一条高速铁路——雅万高铁正式开通运营。这不仅标志着中印尼共建“一带一路”取得了重大的标志性成果，更是“一带一路”从理念到实践、从蓝图到现实的生动体现。这条高速铁路的开通，不仅极大地推动印尼和东南亚地区的经济发展，也为两地人民的出行带来了极大的便利。

在雅万高铁的建设过程中，国铁集团将建设雅万智能票务系统的重任交给了12306团队。这既是对12306团队的高度信任，也是对其技术实力和服务理念的充分肯定。

可是，就在这样一个关键时刻，单杏花在上班途中发生了一个小意外。她在与团队成员通过手机沟通方案时，没留神脚下，结果脚底一滑，身体失去重心，把右脚崴了。疼得她走不了路，到医院检查，所幸没有骨折。医生嘱咐她在家休息，避免负重。当时她的右脚肿得像面包一样，根本穿不了鞋。但她心里装着无数的事情，时间不等人。在医院简单处理后，她找来一双大号拖鞋，勉强穿上，一点点挪蹭着回到办公室，投入到紧张的工作中。为了能够更好地服务于印尼人民，在单杏花带领下，12306团队全面深入地了解印尼的国情、语言、法律法规及管理需求，通过对印尼各个方面的深入研究，提出了一种全新的设计理念，即综合运用“平台＋应用”架构、服务化应用和开源技术体系的主流系统设计理念。

这种设计理念的核心是以我国先进、成熟的旅客全流程电子客票技术为依托，建立一种能够满足雅万高铁运营需求的铁路旅客运输数字化表达。这种表达不仅可以实现售检票作业和票务管理的数字化过程，还可以实现客流需求与运输能力相匹配的目标。从而实现雅万高铁智能票务系统的稳定、高效、安全建设。这不仅提高了雅万高铁的运营效率，还为印尼人民提供了更加便捷、安全的出行服务。

这一切都是为了让搭乘雅万高铁的旅客享受到像乘坐中国高铁一样的全方位信息化体验，实现了旅客智能化购票、进站、乘车、出站等全过程信息化服务，然而，要实现这一目标并不容易。单杏花团队曾面临多维度票价浮动机制的技术瓶颈，迟迟无法突破，这让她感到踌躇不安；也曾因为支付结构方案各方意见难以统一而陷入困顿，这让她倍感压力；此外，智能票务系统部署问题层出不穷，更让她感到惆怅和无奈。

就是在这段时间，她仍全身心地投入在工作中，以至于经常忽略自己受伤的脚。有时，因为突然起身或负重而导致右脚承受不住，钻心的痛袭多次让她险些摔倒。尤其上台阶时，更是让她望而却步。即便如此，在艰难地登台阶过程中，她也悟出了一个道理：眼前的困难就像上台阶一样，首先要鼓起勇气，做好充分准备，然后一步一步迈上去，尽管疼，只要咬牙坚持，总会成功到达目的地。就这样，单杏花带领团队越过一个又一个“绊脚石”，将问题一一解决。

根据印尼方面对于选座的需求，设计人员按照国内的经验设计了模糊选座的机制，采用靠窗、靠过道及A、B、C、D、F的选座模式进行选座，单杏花认为这种模糊选座模式不足以满足雅万高铁的需求，建议项目组技术人员参考航空选座模式，实行精准选座。

单杏花精益求精的工作态度，感染着雅万项目组所有同事，通过大家不断优化、迭代，最终为旅客提供了智能、高效的列车精准选座功能。精准选座功能在雅万高铁的成功实践，也为国内高铁最终实现精准选座提供了参照范例和成功经验。

是啊，作为铁路科研一线工作者，单杏花始终牢记“国之大者”，带领团队积极服务共建“一带一路”高质量发展，强力推进中老铁路、雅万高铁票务系统研究、设计和实施工作，对未来做好其他同类项目具有重要参考借鉴意义。

12306

2023 年国庆节前夕，单杏花在对节假日值班值守，做好铁路 12306 系统运维工作作部署。

第十章 服务延伸，永无止境的路

12306铁路商城
让父老乡亲的绿色农产品
在靓丽的窗口亮相
互联网订餐
让城镇美食走进高铁的“移动餐厅”
让舌尖上的中国
会晤高铁上的中国
让老年人、农民工、学生
出行更方便、更暖心
八面来风，携带春雨般的灵感
人与物，诸多路径
可以通向彼此的美好未来

拓展，12306铁路商城

细心的旅客和用户发现，不知从什么时候开始，铁路12306的服务已经不限于客票业务，开始向其他服务领域延伸、辐射。

党的十八大以来，以习近平同志为核心的党中央带领亿万人民，以“一个都不能少”的铮铮誓言，以“不破楼兰终不还”的铁血壮志，打赢脱贫攻坚战，实现历史性跨越，开启了向着更高目标进发的新征程。

铁路部门充分发挥铁路行业专业优势，积极响应国家政策，坚持“授人以鱼不如授人以渔”的原则，不断探索新思路新办法，创新服务脱贫攻坚举措，注重扶贫实效长效。

“感谢党和国家的政策，以及铁路扶贫干部们和铁路扶贫平台的帮助。我们家生活条件得到了极大改善，现在感觉心里特别踏实。”

“你们什么时候再回来看看，我们这里变化可大了！”

“感谢你们，现在，我正努力成为你们，带动同村人将优质农产品卖出大山，改善生活。”

每一句真挚的感谢都蕴含着一个脱贫故事，而每个故事的起点都源自国铁集团2019年启动的12306扶贫商城项目。

单杏花，作为中国共产党第十九次全国代表大会代表，她在庄严的人民大会堂聆听了习近平总书记的大会报告，脱贫攻坚战取得决定性进展，坚持精准扶贫、精准脱贫，重点攻克深度贫困地区脱贫任务等，高频出现的“脱贫”二字，给她留下了深深的印象，也引发了深深的思考：作为一名铁路科技工作者，如何将“铁路+帮扶”有机结合，为实现脱贫攻坚目标贡献自己的聪明才智。

2019年8月的一天，单杏花接到了来自国铁集团的“硬核”任务：铁路12306系统上线扶贫商城，上线时间要求为当年10月17日。

12306扶贫商城专注于对口铁路帮扶地区农产品的销售，是国铁集团消费帮扶的三大公益性平台之一。12306扶贫商城依托铁路广阔的旅客市场，借助铁路12306的品牌效应和流量优势，打造“铁路网+互联网+农产品上行”的创新模式，助力贫困地区企业和产品进行宣传、推介和销售，强化路地协同，为贫困地区和广大出行旅客之间搭建了一座消费帮扶的桥梁，也为决胜全面脱贫攻坚、全面建成小康社会贡献一份铁路力量。

这一刻，单杏花心中充满了感激与感慨：“从婺源小山村走出来的我，铁路系统悉心培养的我，终于有机会发挥所长，帮助更多父老乡亲脱贫致富。”

回到铁科院集团公司，单杏花迅速组织人员成立12306扶贫商城项目组。在项目组去河南栾川县、陕西勉县、宁夏原州区和新疆和田县4个国铁集团定点帮扶县（区）调研前，单杏花带头翻阅国家对帮扶地区的相关政策，带领项目组查看并梳理中国社会扶贫网站对帮扶商户资质、产品资质等相关要求。按照国家相关规定，项目组制定了12306扶贫商城商户入驻管理规范、扶贫商城商品入驻要求、12306扶贫商城平台管理规则等涉及平台规范及运营管理的系列试行办法。

纸上得来终觉浅，绝知此事要躬行。

12306扶贫商城相关的规则、规范有了框架和内容，商户及商品的考察审核作为扶贫商城上线最关键一环，单杏花安排项目组进行实地调研。

陕西省汉中市勉县是项目组调研的首站。为了更好地将勉县的农特产品销售出去，项目组与驻村干部座谈商讨、与扶贫商城商户座谈交流。就这样，项目组10天行程8000公里，对河南栾川县、陕西勉县、宁夏原州区和新疆和田县4个国铁集团定点帮扶县（区）进行深度调研。

有一天，单杏花与团队开工作会了解调研情况，项目组转述了贫困商户们对国铁集团帮扶的感谢和对12306扶贫商城的期待。可是，商户们仍然存有疑虑：入驻平台是否真的免费？成功交易是否真的不收服务费？商品上线条件是否过于严格？……

单杏花经沉思片刻，叮嘱前方团队一定要动之以情、晓之以理地让贫困商户明白：“咱们搭建的是国家铁路系统公益性平台，既然是公益，一定是免入驻费、免佣金。上线品控严格些，不是难为大家，消费者的肯定才能给大家攒下好口碑、获得好收益，平台才能进入良性循环，帮助更多贫困地区的百姓脱贫摘帽。”在单杏花的提醒下，项目组不仅坚守着底线，还注入温度，使得四地调研工作高效顺利地进行。

调研结束后，项目团队开发人员以“助力脱贫、时不我待”的使命感，全身心投入到系统研发之中。

当 12306 扶贫商城进入上线最后的预备阶段，新一轮问题接踵而至：有的贫困商户没有图片制作能力，有的不会操作电脑，有的只有晚上才有时间关注商品信息……单杏花依然沉着应对，协调 UI 设计师帮助商户收集并美化图片，组织运营团队帮助商户维护商户信息及商品信息，安排运营团队与商户逐个对接，一个工作人员负责一个地区，手把手教授快递打单、回填快递单号，等等。

面对事关 12306 扶贫商城上线运营的大事小情，单杏花展现出了女性特有的坚持与柔韧，她的毅力和信念感染了项目组里每一个人。大家齐心协力，仅仅用了不到一个月的时间，项目就顺利上线试运营了。

2019 年 10 月 17 日，一个被寄予厚望的项目——12306 扶贫商城正式上线试运营。

这一天对于参与这个项目的每一个人而言，都是一个值得纪念的日子。当卖出第一单商品时，单杏花激动地说：“咱们扶贫商城正式营业开张，值得祝贺！未来咱们要持续做好运营反馈和迭代优化工作，不断为用户提供优质的农产品，也通过咱们 12306 平台切切实实为贫困商户和农户带来利好！”

单杏花，这个名字在 12306 扶贫商城项目中有着特殊的意义。她不仅是这个项目的负责人，更是这个团队的灵魂人物。她曾经说过：“我们不仅要为消费者提供商品，更要为他们提供一种生活消费方式。”

在 12306 团队的努力下，消费帮扶开源拓面，商户范围从最初国铁集团定点帮扶的 4 个县（区），已拓展到湖南、江西、湖北、云南、内蒙古等地的多个县（区），销售农副产品、手工艺品等 7 个品类、1000 余种，交易额超 3000 万元。

为了更好地适应新阶段发展需要，单杏花带领项目组深挖扶贫商城潜能，积极转型，不断与国铁集团振兴办交流探讨 12306 扶贫商城发展路径。2021 年 7 月，12306 扶贫商城正式更名为“12306 铁路商城”，积极吸收引入全国各地优质农产品，打造“一城一品”“铁路文创”等系列活动和专区，为更多商户提供新的帮扶思路和路径。

2022 年一个阳光明媚的日子，项目组再次踏上前往陕西勉县的调研之旅。项目组抵达目的地了解情况后，迫不及待地将好消息分享给单杏花：曾经接受帮扶的贫困商户在当地成立了专业的电商公司，为勉县优质农产品和旅游资源进行积极推广。电商公司也希望能与 12306 铁路商城一起为乡村振兴谋划新思路，不断为帮扶产业注入新动能。

听到这个消息，单杏花感慨良多：“从农村走出来的我，深知贫困对一个家庭的未来有多么大的影响。看到我们的商城能够为当地的商户带来实实在在的帮助，觉得一切付出都值得了。”

自 12306 铁路商城上线以来，经历了三次重大改版，每一次都带来了新的功能和优化，使用户体验得到了显著提升。不仅如此，为了进一步满足用户的需求，铁路商城还扩大了电子兑换券的使用范围，并新增了帮扶专区、铁路文创等板块，为用户提供了更加丰富和多样化的选择。

如今，当旅客登录铁路 12306 手机 App 时，不仅可以轻松购买火车票，还可以点击“铁路商城”进入购物世界。在这里，旅客可以根据自己的喜好和需求，选择粮油干货、茶叶饮品、休闲食品、水果蔬菜、肉禽蛋品、文旅非遗、特色商品等各类农产品进行购买。这些产品都经过了严格筛选和质量检测，确保了商品的安全和品质。

值得一提的是，截至 2024 年 5 月底，铁路商城营业帮扶 264 余家商户，这些商户遍布全国 25 个省份 293 个地区 70 个县，在售的商品种类也达到 5000 余种，为旅客提供了更丰富的选择。目前，这些数据还在持续增加。

让高铁外卖更火爆

12306，像一棵橄榄树，向每一个美好的方向伸出了多情的橄榄枝。

高铁外卖，是指高铁动车组列车互联网订餐。近年来，这个新兴的服务模式已经逐渐被广大旅客所熟知和接受。随着科技的发展和人们生活节奏的加快，越来越多的旅客选择在旅途中通过互联网订购食物，以满足旅途的饮食需求。

2017年，为了进一步落实国家关于加大供给侧结构性改革的部署，同时也是为了更好地服务人民群众的美好出行，国铁集团决定推出高铁动车组列车互联网订餐业务。这一决策的背后，是国铁集团对于提升旅客出行体验的深度思考和积极行动。这个重任又落到12306团队的肩上。

在调研中，单杏花带领团队深入研究高铁外卖与传统城市外卖之间的差异。他们发现，高铁外卖对时效性要求非常高，往往需要控制在秒级。这是因为高铁列车到站停靠的时间最短仅有2分钟。如果车站的配送员晚送达几秒钟，那么他们就可能错过送餐机会。

所以，高铁外卖的配送过程中涉及到车站与列车双方配送员的交接问题，他们需要在短短 2 分钟内准确地完成交接工作。这就要求铁路工作人员必须比外卖小哥更加争分夺秒，以确保餐食能够准时、准确地送达旅客手中。

为了实现这一目标，12306 互联网订餐平台高度依赖于客票及铁路运行图等信息。这意味着，平台需要根据列车的实际运行情况来对外卖订单进行实时调整。只有这样，才能确保旅客的餐食能够在列车停靠的时间内送达。

不仅如此，高铁外卖的配送过程中还涉及车站与列车双方配送人员的匹配问题。由于每笔订单都需要根据班组承运信息进行匹配，并通知对应的配送人员，因此这个过程相当复杂。但是，为了确保旅客餐食能准时准确送达，这是必须要做的工作。任何一个环节出现问题，都能影响高铁外卖能否准时准确送达。

为了把整个“下单、接单、配餐、取餐、送餐到座”链路吃准摸透，单杏花重新梳理思路，带领团队深入各铁路局集团公司客运、劳动卫生等部门，以及相关具备条件的供餐车站开展针对性的调研。单杏花带领团队与相关部门和车站的工作人员进行深入交流，了解他们在实际操作中遇到的问题和困难。通过这些调研，12306 团队能够更好地了解整个配送过程中各个环节所面临的需求和挑战。

除了对相关部门和车站的工作人员进行调研外，12306 团队还向旅客发放问卷，从旅客角度了解更多对“高铁外卖”餐品结构等方面的需求和建议。这些问卷涵盖了旅客对餐品种类、口味偏好、价格合理性等方面的意见和建议。

通过调研发现，每个环节都需要一个系统串联起来，对系统和产品设计是一个不小的考验。单杏花带领团队一一分析，逐项突破。

对互联网订餐业务进行详细系统架构设计时，12306团队引入了“互联网+”思维，将互联网先进的餐饮服务理念与铁路服务模式相结合。通过这种方式，更好地满足旅客的需求，提供更加便捷、高效的订餐服务。

为实现餐食由站至车、由车至座的准确、及时、高效配送，12306团队创新铁路餐饮组织和配送模式。通过优化配送流程和提高配送效率，确保旅客在旅途中能够享受到美味的餐食。

同时，12306团队还设计了基于供应链管理的餐饮资源实时动态配置模型和算法，这种创新的算法使供销存循环迭代的铁路餐品优化设计成为可能。通过实时监测和管理餐饮资源的供应和需求，满足铁路局集团公司各餐食商家在多系统界面、多运算逻辑、多数据结构等多样化服务模式方面的需求。

此外，12306团队还开创了铁路旅客出行服务运营的新模式。通过构建支持多场景、多业务的支付、对账、结算、营销平台，解决了“旅客、平台、商家”三方资金流、票据流周转的难题。这种新的运营模式不仅提高了资金流转的效率，还为旅客提供了更加便捷的支付和结算方式。

可以想象，12306 互联网订餐系统是一个涉及众多用户的复杂系统，其中包括旅客、商家、车站配送公司、列车配送公司、列车售卖公司、铁路局集团公司和国铁集团运营管理，等等。为了满足不同用户需求，需要设计多个子系统来确保整个系统的正常运转。

单杏花带领团队为商家和配送公司开发了中国铁路餐饮运营管理子系统和中国铁路餐饮商品管理子系统，这两个子系统能够帮助商家进行餐饮业务的管理和运营，包括菜品管理、库存管理、订单管理等。通过这些功能，商家可以更加高效地管理业务，提供更好的服务给旅客。

此外，团队还开发了 12306 配送 App 和 12306 商家接单 App，这两个应用程序为配送公司和商家提供了便捷的操作界面。配送公司可以通过 12306 配送 App 接收和管理订单，安排配送人员进行送餐服务；商家则可以通过 12306 商家接单 App 接收订单并进行处理，与配送公司进行实时沟通，确保订单的及时配送。

为了支持运营管理，团队还开发了结账清分子系统、电子支付子系统、对账子系统和电子发票子系统，实现订单的结算和支付功能，方便商家和旅客进行交易。其中，对账子系统可以帮助商家和配送公司进行账务核对，确保资金的安全和准确。电子发票子系统则为商家提供了便捷的发票开具和管理方式，提高了发票的准确性和效率。

正是这些子系统的安全高效联动运行，支撑起高铁外卖系统持续为旅客提供温馨餐饮服务。旅客可以通过 12306 互联网订餐系统轻松订购自己喜欢的餐食，而商家和配送公司则可以通过子系统进行订单管理和配送服务，实现高效的运营和管理。这些子系统的研发不仅提升了旅客的用餐体验，也为商家和配送公司带来了更多的商机和发展机会。

2017 年 7 月 17 日，铁路 12306 网站餐饮·特产预订平台在上海、天津、广州等 27 个重点城市高铁客运站进行了试点上线。这个平台覆盖了东北、华北、华东、华南、西北、西南等全国大部分地区，为旅客提供了更加便捷的服务。

从接到任务到上线，单杏花带领团队只用了短短两个月时间，就完成了整套系统的需求设计、程序开发、功能测试、压力测试、安全测试和上线试运行。这一系列工作，充分展示了 12306 团队的专业能力和高效执行力。

自此，旅客乘坐高铁列车时，不仅可以享受舒适的旅行环境，还可以在高铁座位上随时享用陕西的肉夹馍、河南的烩面、湖南的红烧肉、广东的早茶等各种美食。这些地方特色美食的引入，丰富了旅客的用餐选择，也让旅客能够在旅途中感受到各地的饮食文化。

截至 2023 年 12 月 31 日，互联网订餐平台已经累计开通供餐站点达 80 个，供餐配送车次 10552 列，上线餐饮商家 588

家，上线餐品 5 万余种。旅客下单量超过 2100 万单，高峰日下单量近 8 万单。这些数据充分证明了订餐平台的受欢迎程度和影响力。

铁路 12306 餐饮 · 特产预订平台的上线，实现了高铁餐饮与“互联网 +”的结合，是中国铁路“互联网 +”战略的又一次实践。正如单杏花所说:“我们一直在努力提高中国高铁的‘软实力’，为旅客提供更好的出行体验。”这不仅是对旅客的承诺，更是对中国铁路发展的坚定信心。

高铁外卖作为一种新兴的餐饮服务方式，为人们带来了极大的便利和品质的提升。它不仅满足了人们对于美食的渴望，更为乘车出行提供了一种全新的体验。在未来的发展中，高铁外卖将持续不断创新和完善，为人们带来更多的惊喜和享受。让我们一同期待高铁外卖的美好未来!

暖心的敬老版

“咱们 12306 手机 App 这个爱心版真是太好用了，我们老年人也可以自己订票四处游玩，领略祖国大好河山啦！”一次车站调研，几位准备出游的老年旅客认出单杏花，把她团团围住唠了起来。

适老化改造项目对于单杏花来说，既是偶然也是必然。

一次偶然的机会单杏花看到一组数据，“截至 2020 年 11 月 1 日零时，全国 60 周岁及以上老年人口 26402 万人，占总人口的 18.70%；全国 65 周岁及以上老年人口 19064 万人，占总人口的 13.50%”。这些数据让她深感震惊，同时也引发了她的思考：如何让信息技术发展惠及更多老百姓，如何解决老年人、残疾人在网络购票中遇到的实际问题，如何保障残疾人旅客的无障碍体验与普通旅客体验的一致性。

单杏花深知，随着社会的发展和人口老龄化的加剧，老年人群体的需求日益增长。然而，由于技术门槛和认知差异，许多老年人在使用网络购票系统时遇到了困难。他们可能不熟悉手机操作，不了解复杂的界面和流程，甚至对网络安全感到担忧。这些问题使得老年人在享受便捷出行的同时，也面临着一定困扰。

明知山有虎，偏向虎山行。为了解决这一问题，单杏花决定将适老化改造项目纳入工作计划。她开始与团队成员一起研究如何设计一个更加方便、易用的购票系统，以满足老年人的需求，以实现任何人在任何情况下都能平等、方便、无障碍地获取信息为目标。2021 年 3 月，单杏花带领团队开始了适老化及无障碍适配的调研工作，团队深入了解老年人的使用习惯和心理特点，通过用户调研和反馈收集了大量的意见和建议。

团队还成立了一个专门针对无障碍用户的体验小组，旨在深入了解不同系统和手机机型的用户在使用设备时的需求和体验。为了更全面地了解用户的真实感受，体验小组安排了一组用户独立完成四项业务操作，包括单程购票、改签、退票和候补购票。体验小组通过观察每位用户的操作过程，了解他们的体验链路、使用行为特征，以及可能遇到的卡点。

测试完成后，体验小组还对用户进行了一次访谈，进一步收集用户的真实使用感受和意见建议。重点在于了解用户在特殊模式下的需求特点，以及目前系统中仍未满足用户需求的功能点。

经过调研，12306 团队发现大部分用户已经适应了现有手机 App 的页面和功能布局。然而，也注意到有不少用户对字号调整有着强烈的需求，迫切需要 12306 手机 App 能够提供字体调整功能。但遗憾的是，当时的系统架构无法支持这一功能，这让团队成员有些发愁。

单杏花作为团队的带头人，不仅在关键时刻为团队注入强大的信心和动力，还带领核心骨干深入研究架构优化的各种可能性。她深知，只有不断地创新和优化，才能使产品更加完善，满足用户的需求。

经过 12306 团队的反复推敲和多次尝试，最终决定采用多模态理念对系统进行整体重构。新架构下，用户可以在同一 12306 手机 App 的不同版本模式间自由切换，比如，从标准版切换至爱心版。更为重要的是，标准版的界面字号、对比度等样式可以根据用户需求、喜好进行自由调整。这一创新举措，无疑进一步提升了产品的整体易用性，满足了用户的多样化需求。

12306团队的调研成果为产品的适老化改造提供了明确的方向。因此，他们根据适老化及无障碍的相关标准规范，从可感知性、可操作性、可理解性、兼容性和安全性等多个方面进行综合考量，制定出详细的技术改造方案。

在接下来的五个月内，12306团队克服了重重困难，历经无数次的测试和优化，终于完成了核心业务和相关辅助功能的改造。成功推出铁路12306手机App爱心版，这一版本主要是针对老年人使用特点进行了优化，界面简洁明了，操作流程简单易懂，还增加了一键拨打电话订票功能，让老年人购票更加方便快捷。此外，还加强了系统的安全性，确保老年旅客的个人信息得到有效保护。

2021年9月，铁路12306手机App适老化及无障碍功能的新版本正式发布并上线。这一版本的推出，意味着数千万的残疾人用户和65岁及以上的老年用户都能够享受到更为便捷、舒适的产品体验。

这一爱心版本的推出受到了广大老年用户的热烈欢迎和一致好评。他们纷纷表示，通过这个版本的App，他们不仅可以轻松地预订车票，自由地选择目的地，尽情地享受旅行的乐趣，游览祖国大好河山。还让他们能够搭乘新时代列车，感受科技带来的便利，更好地融入智慧城市建设，体验智慧生活带来的便捷与畅快。这一版本 App 的上线，更是深入推动了交通出行领域信息化建设，体现出国铁企业的社会责任与担当。

铁路 12306 手机 App 适老化及无障碍版本自上线以来，截至 2024 年 3 月 16 日，累计服务用户 455 万人次，适老化相关功能累计服务 948 万次，无障碍功能累计提供服务 1137 万次。2024 年 5 月，铁路 12306 手机 App“爱心版”更名为“敬老版”。凭借产品和服务在适老化及无障碍方面的实践与持续优化，首批通过工业和信息化部“互联网应用适老化及无障碍改造专项行动”的适老化及无障碍水平评测，并入选首批互联网应用适老化及无障碍改造优秀案例。

正如习近平总书记所指出：“各级党委和政府要高度重视并切实做好老龄工作，贯彻落实积极应对人口老龄化国家战略，把积极老龄观、健康老龄化理念融入经济社会发展全过程，加大制度创新、政策供给、财政投入力度，健全完善老龄工作体系，强化基层力量配备，加快健全社会保障体系、养老服务体系、健康支撑体系。”铁路 12306 手机 App 适老化及无障碍改造项目顺应国家发展战略，填补了国内交通出行领域信息化服务平台空白。

单杏花团队的适老化研究并未停止，她正带领团队不断完善各类延伸业务的无障碍适配，同时，与中国互联网协会和无障碍研究会等社会群体保持密切联系，为实现信息技术惠及全民做好基础服务支撑。

为农民工和学生的畅行之路

在中国这片广袤的土地上，生活着两个特殊的群体。他们像候鸟一样，随着季节的变化，辗转在城市与乡村之间；他们辛勤劳作，无私奉献给了家庭和生活。他们出行集中在寒暑两季，他们是茁壮成长的禾苗，是旭日东升的朝阳。他们是漫漫旅途中的两个特殊群体：农民工和学生。

习近平总书记指出，“全面建成小康社会离不开农民工的辛勤劳动和奉献，全社会都要关心关爱农民工”“切实保障农民工合法权益”。习近平总书记还鼓励莘莘学子，“志存高远、脚踏实地”。这一切，都体现出习近平总书记和党中央对农民工和学生群体的深情关爱和殷切期望。

单杏花内心始终感恩党和国家给了她走出大山的机会。她对农民和学生有着天然的浓厚感情。正是国家的富强给了人民强烈的幸福感和安全感，也给了她立足岗位回报国家、为广大农民和学生群体服务的机缘。

2011 年，铁路 12306 系统的上线打破了传统车站窗口售票和代售点售票模式，为广大旅客提供了便利的网上购票渠道。

然而，对于农民工这一特殊群体来说，虽然铁路 12306 购票便利，但由于上网不便、网上支付不普及，以及互联网预售期较车站窗口提前等因素的限制，致使农民工群体在春运等出行高峰期反而成了信息化环境下的“弱势群体”。这意味着，尽管其他旅客可以通过铁路 12306 轻松购买火车票，但有些农民工却因为种种原因难以享受到这一便利。

面对这一现象，单杏花在 2011 年春节前的便民利民研讨会上作了诚恳而坚定的发言，她表示：“广大旅客已经开始享受 12306 带来的便利，但农民工兄弟姐妹的回家之路却变得更加艰难。为了解决他们的春运购票难问题，我们应该成立专门的团队，对这一问题进行专题专项研究。”

在进行了大规模的调研和深入的需求分析后，单杏花牵头设计出一个全新的、切实可行且方便有效的办票模式——农民工团体票。这个模式的提出，立即得到了团队的积极响应和支持，很快，一个专门针对农民工团体票功能的研发团队就此成立。

这一次，单杏花带领团队充分利用现有的软硬件资源，构建了一个全路统一、逻辑集中的数据中心。他们建立了资质认证体系，设计了一个完整的业务流程，自主研发了配票算法，建立了完备的支付和数据传输体系及专门的短信通知平台，进一步提升用户体验。

在短短的两三个月时间里，单杏花和团队成员共同奋战，工作环境艰苦，板凳就是临时的床铺，他们常常一干就是几天几夜。然而，他们的热情和毅力并没有因此减退，反而更加坚定了他们的决心。

2013 年 12 月，铁路务工团体票功能顺利上线。首年就取得了一次办票近百万张的成绩。当看到电视上农民工兄弟满脸欢喜地拿着返乡车票的画面时，单杏花松了一口气，眼里带着光:“不能让农民工兄弟再多等一个春节，这是我们的承诺，我们做到了。”她对团队成员说:“大家洗个脸，咱们也回家好好过个年！”这一刻，他们的努力得到了最好的回报。

有一天，12306 客服人员给单杏花打来电话，说有一位旅客因为在铁路 12306 上无法购买火车票，每天都打电话跟客服求助，一通电话就是一两个小时，让客服人员感到非常无奈，只好向单杏花求助。单杏花毫不犹豫地说:“把我的手机号给这位旅客吧。”几分钟后，这位旅客就把电话打了过来。

原来，这位旅客的名字中有一个生僻字，当时字库中没有，从而导致他一直无法在铁路 12306 购买火车票。单杏花耐心地为他解释说明，并承诺在铁路 12306 的下一次版本优化中一定想办法解决生僻字的问题。在交流的过程中，单杏花发现这位旅客对铁路非常关注，而且他有很多关于铁路的想法和建议都具有参考价值:“我们要尽最大可能方便旅客，而旅客的所思所想，从用户角度提出的意见建议，不正是我们求之不得的吗？”

如今，随着铁路 12306 不断优化，姓名中有生僻字、繁体字、字符或标点，甚至身份证号码中包含字母 X 等问题，都可以解决了。就拿姓名中有生僻字来说，无法输入或者输入保存后系统无法正确显示时，该生僻字可以用小写的汉语拼音（仅字母，无需音调）或同音字代替。而身份证号码中包含字母 X 的，直接输入大写字母 X 即可。

后来，当这名旅客终于顺利地在铁路 12306 上购买到火车票时，高兴地将这个好消息分享到了社交平台，为铁路服务点赞和加油。

2023 年 6 月，铁路 12306 系统又推出了一项重大功能——学生优惠资质在线核验服务。这项重要功能的推出，不仅大大提高了学生们的购票效率，还为学生们带来了极大的便利性。2024 年 8 月，铁路 12306 系统再次推出“学生预约购票服务”和“学生出行需求采集”两项新功能。学生旅客可以为本人和 2 名同行乘车人提前预约购票。这些创新举措使得铁路 12306 系统功能覆盖面得到进一步扩大，为广大学生群体提供了更为完善的服务。

回溯 2003 年，高校学生购买火车票时开始使用学生优惠卡。为了配合这一政策，铁路部门进行了一系列设备配置和改造工作，包括站车优惠卡识读设备的配置及相关识读设备的技术升级。这种学生优惠卡的使用方式持续了近 20 年，但随着铁路电子客票的实施和相关智能化装备的广泛应用，传统学生优惠卡已经无法满足客票电子化和网络购票的便利化需求。

为了确保大学生们能够更好地享受到信息化带来的出行便

捷和舒适体验，单杏花带领团队进行了深入的业务调研。在为期三个月的调研中，团队广泛听取来自车站售票窗口、列车服务人员及学生旅客等多方面的建议和意见。同时，针对学生信息安全存在的隐患问题，12306团队进行了详细的论证，并决定采用更为先进的加密技术和数据保护措施，以确保学生的个人信息不被泄露或滥用。

为了更好地推进学生优惠资质在线核验服务的相关工作，单杏花还与教育部相关部门进行了深入沟通和对接，共同进行了专题研究。经过多次讨论和完善，最终形成了《学生优惠资质在线核验实施方案》。

在后续的资质核验功能研发环节中，单杏花始终强调核验工作的准确性和效率，并且注重优化用户体验，为方便学生出行，学生票退票后，系统还会返还优惠次数。她要求团队成员不断提升自己的业务水平，确保每一名学生都能够享受到这些优惠服务。同时，她还积极与车站、学校等各方进行沟通和协调，推动各方共同参与学生优惠资质的核验工作，确保整个核验流程的顺利进行。

2023年8月28日，单杏花在日记中这样写道：

7时，我提前1小时进入办公室，这是我多年的工作习惯。办公桌上的日历提醒着我：各大院校学生准备返校，新生面临第一次入学，孩子们是否了解线上可以办理资质核验？如何在线上核验？如何购买学生联程优惠车票？……总是“不放心”的我，决定今天和团队再去车站调研，看一看、问一问、听一听。

8时，我与学生优惠票项目负责人来到北京西站。这已经是我们今年第三次就学生票证核验专项工作来到这里。暑运虽已近尾声，但客流仍然保持高位运行。熙熙攘攘的人群中，青涩的年轻面孔、充满朝气的眼神，我们只一眼就辨别出了学生旅客。我们与售票窗口同事恳谈学生优惠资质线上核验后车站还存在哪些学生票问题，和学生们畅聊使用中的改进空间……一上午不知不觉就过去了，我的调研笔记本里满满的都是收获。

14时，调研结束。我回到单位后，第一时间召集业务骨干梳理调研结果，并及时展开对流程、接口、界面的优化设计。

16时，我来到12306监控中心，看着监控大屏上的数据，满足感油然而生。学生优惠资质在线核验服务自6月5日上线以来，超过90%的学生旅客选择线上核验。我们团队共采集了1740.1万名学生资质，核验通过率为93.3%，为学生旅客提供这项服务的效果达到了我们的预期目标。

10多年来，我们一直在为学生旅客如何便捷购票乘车而努力。接下来，我们还将针对学生资质在线核验覆盖范围、新生初次购票、优惠区间变更、优惠次数异常处理等不断进行优化，让学生购票出行更加便利。

“简单、方便、高效”是我们的追求目标。随着一个个难题的破解、一项项功能的完善，12306用户体验不断提升。未来，我们还将研发更加便捷的服务功能，让人们出行体验更加美好。

是啊，单杏花作为12306的“最强大脑”和中国铁路客票系统创新的“领航人”，她无时无刻不在为让旅客出行体验更美好这个目标努力着……

凌晨4点的天空

每天23:00至次日6:00是铁路12306系统维护时间，其间，网站和手机App只提供查询服务，不能购票、退票、改签。这看起来是12306系统的“下班时间”，但全国火车站仍在售票，对于客票“守夜人”来说，一天最忙碌的时刻才刚刚开始。

为了确保系统的持续优化和升级，12306团队经常加班工作，熬夜进行系统施工是团队的工作常态。因此，当团队面试新人时，他们常常会问：“你能否在晚上熬夜加班？”这是因为车站系统升级需要在晚上进行、各铁路局集团公司系统升级也需要在晚上进行、12306系统升级同样需要在晚上进行。作为项目负责人，单杏花更是一位“熬夜专家”。

早在 2001 年，单杏花就接受过心脏开胸手术，医生一再叮嘱她必须静养一年以上，否则会有生命危险。然而，仅仅 4 个月后，她娇小的身影就悄悄回到了工作岗位上。尽管身体状况不佳，但她仍然坚持工作，熬夜更是家常便饭。

2005 年，单杏花主持了铁路客票系统 5.0 版本的设计、研发和推广工作，全年至少有两个月以上的时间她都在通宵熬夜工作。尤其是 2012 年的春运期间，铁路 12306 系统出现了严重的卡堵现象，那段时间她几乎每天只能睡三四个小时。

令人印象最深的是 2012 年 8 月，当时铁路 12306 进行系统架构优化，单杏花三天两夜没合眼，就为了能把系统架构调整好。还有一次，是学生团体票要上线，她跟轮番上阵的同事一起调试配票算法，连着两天一夜没睡觉。

经过这么多年的工作，熬夜成为单杏花生活中不可或缺的一部分，加班成了她的常态。累的时候、难的时候，她就在心里鼓励自己："不能退缩，一定要坚持到底。"

单杏花说："每天通过铁路 12306 系统办理业务的流量非常庞大，为防患于未然，必须对系统进行例行维护，同时要定期检查运行日志、更新数据库。"

虽然此时大多数人早已进入梦乡，但铁路 12306 系统的守夜工作才刚刚开始，他们需要在夜间按每个规定时段实时监控大量数据。比如，夜间客票营销系统的数据、实名制数据等。

除了客票系统的监控工作外，"守夜人"还要为各个夜间售票的车站提供技术支持，为夜间出行的旅客持续提供高质量的服务。

“有些问题，从反馈到解决，可能用不了多长时间。但是对于每一位旅客来讲，问题肯定是很棘手的，如果耽误了会影响旅客的正常出行。”负责系统运维的研究员张志强举例说，“比如，证件在中国执行信息公开网上并无被限制信息，但购票时客票系统却提示限制高消费。中国执行信息公开网系统每日会向铁路客票系统更新一次数据，在中国执行信息公开网未将解除后的旅客信息发送至客票系统前，该旅客无法购买高等级席位车票。像这些疑惑或问题，我们都要耐心地帮助旅客解决。”

12306 团队全天候的任务离不开客票监控工作，铁路客票系统监控的内容非常之多，需要对几十个系统、硬件、数据库、网络、数据同步等内容进行全方位监控。还有铁路 12306 的业务，包括购票排队、旅客平均等待时间、互联网余票查询等情况也要进行全方位监控。

每当夜幕降临万家灯火之时，总有一些人始终坚守在自己的工作岗位上，默默守护着铁路的畅行。

夜晚，单杏花觉得眼睛干涩，身体疲惫，她走出办公室，来到院里。

夏秋之夜的铁科院，夜风送来阵阵花香，让她感到一丝宁静和舒适。她抬头看看夜空，琼宇深邃，繁星闪闪。北斗七星、织女星、北极星、天狼星……她一颗颗数着，像小时候一样，站在院里数星星。这些星星仿佛是她心中的梦想和希望，点亮了她前行的道路。

单杏花站在星空下，仰望着那无尽的宇宙，心中涌起一股莫名的喜悦。她不禁微笑起来，仿佛与这浩瀚的星空融为一体。

仰望星空，她的脑海中突然闪现出著名篮球运动员科比的一句名言：“你知道洛杉矶每天凌晨 4 点是什么样子吗？”这句话如同一道闪电划过夜空，照亮了单杏花的内心深处。

“繁星满天，灯光寥落，行人很少。”她想象着洛杉矶凌晨 4 点的街道，那里神秘而寂静。洛杉矶还在沉睡，而科比已经开始训练了……科比的这句话不断激励着单杏花。

夜空深处有最亮的星，心底深处有最美的梦。那深蓝的夜空中一颗颗闪烁的星星像系统中数不清的密码，仿佛在深情地俯望着她、期待着她。而这浩瀚的深蓝，就是宇宙的底色，也是知识和思想的本色。

单杏花和儿子冰冰

第十一章 亲爱的家，温暖的情

多少心照不宣
多少相互成全
因为一种坚守
亏欠了对家人的陪伴
因为一份执着
缺少了对亲友的挂牵
重点项目攻关，新版本上线
夜以继日地钻研
焚膏继晷地鏖战
背后，支撑的不仅是力量
更有浓浓爱意相牵
更有无声处的默契
更有心心相印的温暖

客票系统牵红线

说起铁路客票系统3.0版本曾获得全国科学技术奖一等奖，就不得不提起一个人——刘强。1996年，单杏花和27位同事相聚北京，在铁科院电子所遇见了刘强。

刘强，1993年上海交通大学毕业后来到铁科院电子所，并逐步成长为开发铁路客票系统1.0版本的骨干，也是给单杏花他们上课的老师，他讲课条理清晰，逻辑严谨，又不乏轻松幽默。单杏花总是坐在第一排，笔记本记得满满当当，下课时她提出的问题也最多，还总是追着刘老师问这问那。刘强也是非常乐意为她讲解，哪个老师不喜欢好学的学生？

这个比她大三岁的帅哥老师，如同她的兄长，两个人在一起总有说不完的话题。单杏花了解到，刘强出生在牙克石，父母都是“老铁路”，他高考时，在父母建议下选择了上海交通大学，毕业后就来到了铁科院。父母的铁路情节对他影响很深，刘强说自己骨子里就有“铁路基因”，这让单杏花更加敬佩他了。

刘强在回忆给单杏花他们分配工作任务时曾说：“我们鼓励他们能够选择自己感兴趣的工作。比如，前台工作方面，有许多不同的模块可供选择，而后台工作则相对更为复杂，涉及数据库管理及一些复杂的后台应用程序。因此，我们并没有让新入职人员立即承担后台任务，那些工作还是由铁科院的老员工来完成。至于前台任务，学生们可以根据自己的兴趣和能力来自行选择。”

单杏花选择了数据维护。刘强说：“在我们客票部门，最基本的工作就是处理各种数据。比如，一天有多少趟列车运行，每趟列车有多少个停靠站，这些停靠站的运营时间是怎样的，以及其他类似的基础信息。我们需要知道如何维护这些数据，确保它们能够准确地更新到系统中，一旦有变化，我们还要知道如何处理。单杏花是一个非常细心和严谨的人，我们相信她能够胜任这项工作，所以就把数据维护的任务交给了她。”

就这样，单杏花从最基础的数据维护工作开始做起，日积月累，逐渐熟悉了整个业务流程，并在实践中不断提升自己的专业技能。

1996 年 12 月，初到九江站推广铁路客票系统 1.0 版本的单杏花，当遇到自己无法解决的技术问题时，就给刘强打电话请教，在北京的刘强几乎是全天候远程为她答疑解惑。单杏花因为有了刘强这样一位“超强大脑”做坚强后盾，真是什么也不怕，只管冲锋陷阵。

当铁路客票系统 1.0 版本顺利上线时，单杏花和刘强两颗心走得更近了，爱情之花也悄然萌芽。研究生毕业后，单杏花选择留在铁科院电子所工作，刘强则顺理成章成为她的领导。

1999年，全国联网售票系统开始运行，然而，一次意外操作让单杏花不小心将全国列车时刻数据全部误删除。这个突如其来的失误让她惊慌失措，大脑一片空白。

怎么办？稍稍冷静下来的单杏花找到了刘强，急切地向她的“技术靠山”求援。

刘强安慰她说：“不要着急，我来想办法把数据恢复回来。”说完，便坐在电脑前，开始编写一段段代码，将23个区域中心的数据收集，重新整合在一起，并将删掉的数据补充上去。原来，单杏花删除的是铁道部汇集起来的数据，而下面各个中心的数据都单独存储着。

事后，刘强还不忘鼓励她：“吃了一堑，咱也长了一智，看来鸡蛋不放在一个篮子里是对的，数据分放在23个区域是科学的！”

爱的火花开始在两个青年人的心间闪耀。

我爱你，并不仅仅是因为你的外貌和气质，更是因为在与你相处的过程中，我能够展现出最真实的自我。我爱你，这并不仅仅是因为你自己的成就和优点，更是因为你的存在让我不断地成长和进步。我爱你，是因为你唤醒了我内心深处的那一部分……

这是刘强写给单杏花信中的一段话。

就在这一年，在亲朋好友的祝福中，两人携手走进了婚姻殿堂，开启了新的人生篇章。

婚后的生活是甜蜜的，他们两人共同商量决定，将生育宝宝的计划推迟两年，把更多的时间和精力投入到工作中去。

每天早晨，他们早早起床，一起准备早餐，然后赶往工作岗位。在工作中，他们互相鼓励和支持，共同努力追求事业的成功。他们经常一起参加各种学术研究活动，享受彼此的陪伴，共同度过美好的时光。

刘强说："那时我们俩想法一致，我们共同且唯一的目标就是集中精力，全力以赴地完成工作任务，为未来的发展打下坚实基础。"

天有不测风云，人有旦夕祸福。

在2001年初的体检中，医生告诉了单杏花一个让她感到震惊的信息：她患有先天性心脏病，而且病情已经非常严重。听到这个消息，单杏花好半天没有反应过来。

医生严肃地看着她说："这么多年来，你难道没有感觉到不适吗？"单杏花摇摇头回答说："我只是经常感到胃疼，尤其是在吃完饭后，必须平躺下来才能稍微舒服一些。"

医生听后，解释道："这就是典型的心脏病症状。安全起见，你必须尽快接受手术治疗，否则情况会非常危险。"对于一直认为自己身体健康的单杏花来说，突然得知自己身体有这么大的问题，一时间难以接受。她心情沉重地离开了医院。

回家的路上，她想了很多很多……

那时，单杏花和同事们刚刚完成了铁路客票系统的升级工作，系统上线后运行非常稳定，正是满怀信心，想大展身手干事业的时候。面对这样的体检结果，她的心里有些慌乱。

当她回家见到刘强，还没有来得及开口说话，眼泪就不由自主地流了下来。看到这一幕，刘强急切地问她：“发生了什么事？”单杏花回答说：“我被诊断出患有先天性心脏病。”听到这个消息，刘强情不自禁地紧紧抱住了她。

其实刘强的心里比她还着急，他立即带着单杏花去治疗。

关于病情和即将进行的手术，单杏花没有去查阅任何相关的医学资料。她知道，虽然自己对计算机技术有着深入了解，但对医学却一无所知。有时候，人越是了解一件事情，就越会感到害怕。因此，她选择将自己完全交给医生，信任医生的专业判断和治疗。

单杏花住进了医院，准备接受手术。刘强特意带了一套金庸小说给单杏花解闷。他跟单杏花说：“你原来总是忙得没有时间看小说，这次算是有了空闲的时间，就好好休息一下吧。”于是，单杏花躺在病床上，沉浸在书中的武侠世界里，她似乎忘记了病痛，也忘记了今夕何夕。

单杏花对于即将开始的手术了解不多，刘强也对她有所隐瞒。医生向刘强解释了手术的复杂性和潜在危险，刘强的内心充满了矛盾和焦虑。他明白，手术的风险极高，但为了挽救单杏花的生命，手术迫在眉睫。

手术历时四个多小时。刘强在手术室外焦急地等待着，心中忐忑不安。

时间仿佛凝固了，对于刘强和单杏花来说，这是一次生命的考验。刘强在外面守候，单杏花在里面闯关，他们共同期待着一个充满希望的未来。手术后，当单杏花苏醒过来，感觉像经历了一个世纪，似乎体验了重生的感觉。养病期间，刘强更是对她精心照顾，给她做各式各样的营养餐滋补身体。然而，每当刘强回忆起那段日子，心中总是充满苦涩。

…………

时间到了2010年，刘强面临一个重要的抉择。为了单杏花能够有更好的职业发展机会，他做出了一个艰难的决择——离开自己的工作岗位。这个决定让许多人感到困惑，大家无法理解刘强为何放弃稳定的工作，去追求一条未知的路。面对众人的疑惑，刘强坦然解释道:“我在单位与杏花是上下级的关系，又是她的领导。杏花是一个专业能力非常扎实，又非常勤奋的技术人才，但因为我的存在，会使她受到无形的羁绊，无法充分展现她的才华和潜力。”

身为“铁二代”的刘强，对铁科院有着深厚的感情。他对于客票业务的前景抱有极大的信心，正是出于对单杏花职业发展的支持和对铁科院未来的期许，他才下定决心离开，希望能够为单杏花提供一个更加宽广的舞台，让她能够无拘无束地发挥自己的才能，大胆地在工作中尝试和创新。

这个决定并非一时冲动，而是夫妇二人经过深思熟虑后的共同选择。事实证明，刘强的职场转身，为他打开了新世界的大门，使他能够从更广阔的角度去观察和思考问题，去做新的事情。在他的鼓励和支持下，单杏花的职业生涯取得了显著进步。同时，他们的感情也愈发坚固和深厚。

2012 年春运那段日子里，单杏花因为长时间的工作和缺乏充足的睡眠，非常疲惫。她走路都感觉轻飘飘的，仿佛随时会倒下。终于有一天，单杏花可以回家休息了，刘强看到她那疲惫不堪的神情，非常心疼。

刘强焦急地问道："杏花，你的脸色看起来很差，是不是哪里不舒服？要不要去医院看看？"

单杏花无力地回答："我没事儿，就是太累了。"

"好，那你赶紧去睡吧。我去给你熬碗汤喝。"说完，刘强立刻到厨房准备食材。可等汤熬好了，刘强端着碗走进房间，发现单杏花已经沉沉地睡去了。他只得悄悄退出房间，把门关好。他想让单杏花好好地睡一觉，结果单杏花这一觉睡了十多个小时，其间，刘强几次偷偷地守在床头看着她，却不忍心把她叫醒。他知道，那段时间单杏花一直在拼命。

多年来，身为中国铁路 12306 系统的"最强大脑"，单杏花的工作压力之大，外人很难想象。常年熬夜，作息不规律，使得她的身体并不健康，慢性疾病也困扰着她。

因为长期伏案工作，单杏花患了颈椎增生，晚上睡觉时经常因为脖子酸痛睡不着。下意识地，她总是觉得枕头不合适，不是太高就是太低，要么就是太软……为了找到一个合适的睡姿，她一个晚上要起来好几次更换枕头。

单杏花也曾尝试过药物治疗，但都未能根治她的颈椎病。每当工作压力增大，颈部就会变得更加敏感，仿佛成了一个预示压力的晴雨表。好在家里这位“老中医”刘强的按摩和刮痧能够让她暂时忘却疼痛，安然入睡。

单杏花笑着说，她家有二三十只枕头，大的小的、软的硬的，材质多样，就是因为她老是觉得枕头不合适，总是换，感觉自己好像得了“换枕头病”。出差住宾馆，没有更多选择的时候，她就把浴巾叠起来垫在脖子下，为的是让僵硬的脖颈舒服一些。

每天只要同事们看到单杏花眼睛肿胀，就知道她又度过了一个“换枕头之夜”。当同事们都劝她要注意休息，不要太过劳累时，她都会乐呵呵地说：“没事儿，我这点‘枕头综合征’的小毛病不算啥！”

多年来，父母也知道她忙，惦记她但又不敢经常给她打电话，晚上或周末有时还为能不能给她打电话而起争执……就这样，亲人们的关心和牵挂赋予了她无穷的力量。

爱，在无声中成长

身为母亲，单杏花却对儿子冰冰的童年记忆模糊不清。2002年，是全国联网售票的第三年，铁路客票系统4.0版本的研发工作正在紧锣密鼓地进行中。同年6月，儿子的出生让单杏花完成了从女人到母亲的人生角色转变。

初为人母，单杏花却没有更多的时间享受这份快乐和喜悦。孩子出生还不到一百天，为了能够更好地投入到工作中，她就把嗷嗷待哺的孩子送回了老家。

2005年，随着铁路客票系统5.0版本的上线，单杏花常常要带领团队夜以继日地钻研。由于工作繁忙，她没有时间探望孩子，很多时候甚至连打电话都顾不上，等她想起给老家公婆打电话时，早已经是夜深人静的时候了。

“孩子啊，你是妈妈最珍贵的宝贝，只要闭上眼睛，你就会出现在妈妈的梦里。”她在心里默默地对孩子说。

直到2008年，单杏花才把已经要上小学的儿子接回自己的身边一起生活。然而，儿子跟她很陌生，已然不会叫妈妈了。

那时，她的心在滴血。是啊，在孩子童年的成长路上，她这位母亲遗憾地缺席了。

孩子 7 岁那年，有一次突然发起高烧。单杏花抱着孩子坐在医院的走廊里等待治疗，看着护士将针头扎进孩子的血管，她不自觉地颤抖着："大夫，您轻点儿……"她担心孩子会因为太疼而哭泣。然而，出乎意料的是，孩子突然说出一句："妈妈，我不疼——""儿子，你刚才说什么？"单杏花不敢相信自己的耳朵，她再次询问孩子。孩子扬起小脸，平静地说："妈妈，我不怕打针。"那一刻，单杏花激动地流下了眼泪，她紧紧地搂住孩子。

孩子跳跃式的成长，让单杏花既迷茫又歉疚。从客票系统的不断推进，到铁路 12306 手机 App 的普及，单杏花一直处于高负荷的工作状态，陪伴孩子的时间很少。"作为妈妈，我很想把时间多留给儿子一些，但是我没有办法……"单杏花无奈地说道。她希望能够与长大的儿子一起探讨哲学、生活和文化等更深层次的话题，了解他的生活、学习和内心所想。可是由于工作的限制，她只能在有限的时间内将自己所知的大道理灌输给儿子，希望他能够迅速领悟。

"然而，这种说教式的教育方式很快遭到了抗拒。如今的孩子都非常聪明，他们能够猜出家长下一步想要说什么。孩子们更希望父母能够直接表达自己的观点和意见，而不是讲一些虚无缥缈的大道理。"

回想起自己的童年，单杏花非常感慨。尽管她的父母没有受过高等教育，但他们通过自己的实际行动不断影响着她。身教比言传更重要，很多道理并不是说出来的，而是通过自己的行动来感染孩子。

单杏花意识到，需要改变教育方式。她开始更加注重与儿子的沟通和交流，倾听儿子的想法和意见。她不再只是简单地灌输大道理，而是通过与儿子共同参与活动、讨论问题等方式，引导他思考和学习。

随着时间的推移，单杏花发现冰冰逐渐变得独立和自信。他开始主动提出问题，积极参与各种活动，并展现出自己的才华和潜力。单杏花深感欣慰，自己的努力没有白费。

通过这段经历，单杏花明白了教育和客票系统一样，没有捷径可走，只有通过真诚的沟通和言传身教的方式，才能真正帮助孩子成长。

单杏花和爱人都是科技行业的专业人士，他们的家庭氛围充满了读书、学习和讨论的气息。在这样的环境中，冰冰从小就耳濡目染，对知识和学习产生了浓厚的兴趣。因此，在学习上冰冰一直都是成绩优异，从来不让家长操心。独自长大的他，习惯于依靠自己解决问题，这让单杏花既欣慰又心疼。

小学升初中那一年，冰冰迎来了人生第一场重要的考试。他要和几千个孩子同场竞技，角逐就读中国人民大学附属中学的资格。尽管冰冰一路披荆斩棘，闯到了最后的面试关，但单杏花还是替孩子捏一把冷汗。

那难忘的场景单杏花至今历历在目。面试那天，10个孩子坐成一排，根据老师提出的问题轮流举手发言。不知是有意还是无意，出题老师总是跳过第一个举手的冰冰。一轮又一轮，冰冰依旧不停地举手，等待老师的提问。坐在台下的单杏花心疼地看着孩子焦灼的脸庞。功夫不负有心人，老师最终看到了冰冰的坚持，给了孩子回答的机会，而冰冰的回答也给老师和单杏花带来了惊喜，他最终被顺利录取了。

从考场出来的冰冰面颊绯红，双手微微有些颤抖。单杏花握住孩子的手，动容地说："儿子，你太棒了！爸爸妈妈为你感到骄傲！"那一刻，单杏花仿佛在儿子幼小的身影中看到曾经背着小茶篓、冒着大雨上学的自己。那些曾经的困难和挫折都成为她成长的催化剂。她知道，儿子继承了她坚韧不拔的品质，已经渐渐有了坚毅的品质。冰冰抬起头，眼中闪烁着坚定的光芒。母子二人紧紧牵着手，谈笑着走在回家的路上。

"初一那年，似乎一夜之间，孩子就比我高了。"单杏花说道，"我带着他参加单位组织的春游，去北京的石林峡。由于峡谷的路有些陡，那天我还穿了有跟的鞋子。我在前面排队时，无意中发现，冰冰用手护着我，他怕别人挤倒我。"单杏花露出了甜甜的笑容："冰冰就这么长大了，像男子汉一样，开始照顾妈妈了。"

是啊，孩子的童年似乎瞬间就过去了，突然就长大了……

冰冰高考那天，百忙之中的单杏花抽出时间送儿子到考场。冰冰说：“妈妈，您还是安心去工作吧，我能行。”单杏花望着儿子说：“妈妈知道你能行，但是你也得给妈妈一次陪你的机会啊，不然以后我想陪你考试恐怕都没机会了。”

冰冰深知妈妈的心情。单杏花既紧张又期盼，希望能弥补错过的时光。为了不错过孩子成长过程中的关键时刻，单杏花尽量做到陪伴在孩子身边。就这样，考场里的孩子在认真地答题，而单杏花在考场外的家长等候区投入地工作起来。

在陪考家长等候区，家长们都以各种方式表达着对孩子的支持和祝福。其中，许多考生的母亲身着旗袍，象征“旗开得胜”的美好寓意；还有一些家长手捧着鲜艳的向日葵，寓意“一举夺魁”的祝愿。这些旗袍和鲜花交织在一起，形成了一道独特而美丽的风景。

然而，在这个热闹的场景中，单杏花引起了网友的注意。那天，她静静地坐在角落里。与其他家长不同的是，单杏花并没有关注周围的热闹景象，而是专注地撰写方案文稿。

这段视频在网络上传播开来，引起了众多网友的关注和讨论。有人纷纷留言称赞这位妈妈的内心强大，相信她的孩子一定不会差。还有人认出来，她就是铁路12306的“最强大脑”单杏花，对她表示由衷的敬佩。事后，单杏花坦然地表示：“当时也没注意到被网友拍到，只是想把时间利用起来，我就把一些工作带到了学校去了。”

这也许是为孩子加油的另一种方式吧。在妈妈的陪伴和支持下，冰冰在高考中发挥出正常水平，最终顺利地被北京大学录取。这无疑是对一家人共同努力的最好回报。

2022年北京冬奥会，单杏花作为冬奥会火炬手，参加了张家口赛区的火炬传递。那天，她在张家口工业主题文化公园接过冬奥火炬，开始了她的火炬手之旅，“这里有第一条中国人自主修建铁路的故事，有中国从站起来、富起来到强起来的故事。在这里传递火炬，既传递了奥运精神，又传递了‘人民铁路为人民’的精神。”每当她回忆起火炬传递，单杏花的激动之情溢于言表。而冰冰也同样感到自豪:“成为一名火炬手，是对母亲工作成绩的认可，我为母亲感到骄傲！”

“现在，我的儿子已经在北京大学读大四了，他更加懂事了。随着知识面的拓宽与深入，儿子更能深刻理解、关心我和他爸爸，从不抱怨或埋怨我们。我们母子之间有着非常亲密的关系，彼此非常依赖对方。当我疲惫的时候，会情不自禁地向儿子耍耍赖，让他给我捏捏背、捶捶肩。令我最开心的是，儿子像他的爸爸一样呵护着我，他会说好妈妈、乖妈妈、旅客喜欢的妈妈，形容我是‘山窝窝里飞出的一只小小鸟’。”

如今，一提起儿子，单杏花的脸上总是洋溢着骄傲和自豪。

是的，她就是那只从山窝窝里飞出的报喜鸟，在亲人的理解和支持下，不断地给广大旅客带来福音。

无言之暖，贴心“小棉袄”

正是晒秋时节。

江西婺源县思口镇的外和公村，村民们利用地形把一个个圆竹匾搁置在石阶、窗台上，晾晒着玉米、南瓜、茱萸、辣椒、灯笼柿……

在一户人家门前，圆竹匾里晒着红辣椒，与白粉墙搭配，真好看。小院里有一口古井和一棵桂花树，树下还有两只竹匾，里面五彩斑斓，晒着大地的丰收喜悦，演绎着民俗风情。好一派欣欣向荣的田园景象！

这就是单杏花的老家。

“这是去年新盖的房子，几个孩子出的钱。杏花出得最多！”单杏花父亲指着白墙灰瓦、崭新的三层小楼说：“原来的老屋太破旧了，柱子都糟了。杏花惦记我们老两口，怕我们睡在破房子里，一旦房塌了就危险了，她提出要盖新房给我们住。”单杏花母亲说：“杏花要接我们去北京住，不行的，我们岁数大了，住不惯的。”母亲摇头笑着。

老两口边回忆着往事，边感叹着新生活的美好：“那年，杏花领到第一个月工资，春节回来时，她就用这份工资给我们全家都买了新衣服，可她自己却什么都没添置。”单杏花母亲翻着相册说，“这是我们一家人，都穿上了新衣服，到镇上去照相，多乐呵。”

那年，单杏花父亲生了病，老人家怕杏花着急影响工作，一直让家里人瞒着她，没敢告诉她。然而，尽管家人尽力掩饰，单杏花还是通过两次电话中父亲的声音察觉出不对劲，她和爱人连夜赶回家。第二天一早，他们就带着父亲一起前往北京接受治疗。那段时间里，单杏花和爱人几乎没有休息的时间，他们日夜守护在父亲的身边，人都瘦了一圈。

“多亏了我这个闺女，不然我的病就耽误了。”老父亲感慨道，“前几年，杏花还接我们到北京旅游。杏花在网上买了火车票，我们从婺源坐上高铁几个小时就到北京了。杏花当上党的十九大代表，村里人都为她感到自豪呢！”

在老人的眼睛里，流露出一种无法言喻的幸福。这种幸福仿佛是一股暖流，从心底涌出，温暖了整个灵魂。那不仅仅是一种表面的愉悦，更是一种内心深处的满足和安宁。

在婺源，每到油菜花盛开的季节，到处都是人头攒动的火爆景象。但外和公村是安静、朴素的，在这朴素的背后，是延续不断的岁月、是坚韧平和的生活。自从有了高铁和高速公路后，日子好过了，村里人都盖起了新房，家家户户的生活都蒸蒸日上。

古桥、古镇、徽派老宅、漫山遍野的茶树、门上的楹联红纸错落交融，老家的意味让这里充满诗情画意，可以说，这里的生活自足简朴，寄寓着一种对精神超越、世外桃源般的生活的想象。

远处，传来悠扬的山歌，传来一阵阵锣鼓唢呐声，传来孩童欢乐的嬉笑声……醉了白云，醉了炊烟，醉了夕阳，醉了游客，醉了村头那棵硕果累累的柿子树……

我爱家乡绿水青山

2024 年春节期间，外和公村，这个哺育单杏花的小村庄，家家户户都挂着大红的灯笼，贴着大红的窗花和春联，庭院中火红的南天竹分外娇艳，迎春的腊梅也羞涩地绽放着红彤彤的笑脸，小村庄透着一派喜庆祥和的景象。

村组长王雄保的家门口贴着一块家训牌，上面写着“邻里和睦，文明待人；家庭和谐，家训共传承”。王雄保年近七旬，脸上洋溢着春风般的笑容。当谈起单杏花时，他满怀自豪地说：“我是看着杏花长大的，杏花是我们村的骄傲。她虽然去了北京，但一点架子都没有，回来后还是跟以前一样，没有变。她当选了党的十九大代表，回到村里宣讲，就站在我家的小院里，给我们这些留守老人讲解，告诉我们要教育孩子守规矩、多读书。她为家乡做了很多事情，我们村里的人都特别感动！”

确实，无论身处何地，自称“山窝窝里的小小鸟”的单杏花，始终记挂她的故乡。那是1999年的一天，在北京工作的单杏花突然收到一封来自家乡的信，信是由村里所有乡亲一起写的。信中透露出乡亲们的焦虑：村里打算出售山上的林地，这让乡亲们感到不安和担忧。由于乡亲们知道有出息的单杏花在北京工作，于是将希望都寄托在了她的身上，希望能够得到她的帮助。

单杏花接到这封信后犯了愁：“说实话，我也不知道到哪儿去反映和呼吁这件事。但是乡亲们既然找到我，把希望寄托在了我身上，我就要尽力，不能辜负父老乡亲的信任。”

经过冷静思考，单杏花提笔给国家林业局写了一封信，反映婺源县村民的心声。她在信中说：“我从小生活的家乡，绿水青山，景色优美。小时候树木特别茂密，森林郁郁葱葱，是天然的大氧吧，生态环境非常好。但是1998年夏季下起了大暴雨，就连我们那个小山村都发了大水，有多户房子被冲垮。这是近年来山上树木被砍伐严重、水土流失造成的结果……”她建议，把这些山林回归自然村，让当地村民有一座山可依赖，留住绿水青山。

信件寄出后，单杏花并没有过多期待，但她没想到的是，这封信很快得到了回应。

不久后，她在婺源县偶遇高中同学。这位同学在县政府工作，她告诉单杏花：“你给国家林业局写的那封信，转到了县政府，县政府责令县林业局执行国家新的政策，山林全部回归自然村。”听到这个消息，单杏花激动不已，她和乡亲们保住山林的心愿终于实现了！

“感谢国家、感谢政府。咱们的政府真是为民办事，我就写了一封信，竟然能层层转下来，太让我感动了！”单杏花由衷地感慨着。

如今的外和公村，得益于国家乡村振兴的政策支持，变得越来越美丽。

过去的“山清水秀路难行”是这一地区的真实写照。近年来，婺源全县上下矢志不渝改善交通设施，为村里修建了平整的柏油路，让村里的“小杏花”们不再为上学的路发愁。如今一条条蜿蜒在绿水青山、粉墙黛瓦的“美丽农村路”成为最美乡村的生动注脚。

小山村通了公路，婺源又通了高铁，便捷的交通网络带动了当地的经济发展。

一路通则百业兴，一花开来百花开。就连外和公村都办起了民宿、农家乐，产销农特产品、制售旅游商品，在家门口就实现了发家致富，村民的日子如同耀眼的春联红红火火、蒸蒸日上。

每当回到家乡，走在街头巷尾，看到美丽的家乡建设得这样美好，沐浴在阳光里的单杏花感到无比高兴。她在小河边停下脚步，蹲下来捧起一捧清澈的清泉，喝一口，啊，还是小时候的味道，真甜呢……

单杏花参加中央电视台《开讲啦》节目录制

第十二章 做大树上的一片绿叶

请让岁月记住这深深的爱恋
白马、秋风、塞上
杏花、春雨、江南
智慧的芬芳，科学的芬芳
沿着思绪的枝柯弥漫
请让岁月记住你们
对事业神圣的追求
对追求全身心的奉献

日记，平常的一天

日记，记录了我们每天的点点滴滴，无论是喜怒哀乐，还是工作的要点和难点，都能在这本小小的笔记本中找到归宿。每当我们翻开日记，仿佛就能回到那个时刻，重新体验那些情感和经历。

单杏花，一个坚持每天记日记的人，她的故事让我们深受启发。每年，她都会用四个厚厚的笔记本来记录自己的工作和生活。当被问及为什么如此坚持时，她笑着说："什么'最强大脑'啊，我就是用最笨的方式积累，不断学习而已。"这种坚持和毅力，让人对她充满敬意。

翻开墨绿色的笔记本，这是单杏花的宝藏。每一页都密密麻麻地写满了清秀娟丽的字迹，它们不仅仅是记录工作和生活的文字，更是心灵的代码，是收获的果实，是好听的故事，是美丽的诗句。这些文字，抒发着单杏花的情感和思绪。

2023 年 9 月 30 日星期四

6 时 30 分，晨光熹微，我已经到单位了。进入办公室落座后查看当天的日程表，是我十几年如一日的习惯。

正值打赢“两坚守两实现”攻坚战的关键时期，为实现全年任务目标，我们不断创新服务模式、提升服务效能，让旅客出行体验更美好。

8时，我与窗口售票和自助售（取）票机相关负责人一同前往北京南站调研。前不久，我们在铁路12306上线了适老化无障碍功能。今天我们主要是了解老年旅客购票方便不方便、车站的退改签需求等情况。

旅客总说自助售（取）票机越来越“聪明”了，可在我们看来，它仍然有改进的空间。今天，我收到一些反馈：自助售（取）票机虽然功能丰富，但有时反应速度较慢；通勤票的购票流程可以再简单点。

13时，调研结束。回到单位后，我第一时间召集业务骨干梳理调研结果，并讲了讲发现的问题和解决方向：铁路12306网站和手机App都要进行适老化改造，字体要大一些，流程要简洁一些。我们推出计次票和定期票产品，是为了方便通勤旅客出行，如果购票环节烦琐，就有悖初衷了。

找问题、寻路径、求答案，挑战接踵而来。但我一想到每个细微变化和技术突破，都可能为旅客带来更美好的出行体验，成就感就油然而生，也不觉得那么累了。

17时，我前往研修学院给研究生上课。我常常对他们说，大数据是原料、算法是动力、技术是支撑、美好出行是目标，我们的科技创新成果要对社会、对老百姓有用。我还要结合课堂学习和实际操作，进一步培养他们的爱国情怀和创新能力。

18时45分，有个同学看到我下课后急忙前往12306客票系统监控中心，笑着对我说："单老师，您可真是争分夺秒，每分钟都不闲着呀！"我今天的确还有一个行程，这也是每天必做的"功课"——查看12306监控中心日常运行状态和预警系统、应急方案等的落实情况。

20时，结束一天的工作回到办公室时，天已经黑了。坐在椅子上，我一条条地梳理今天的行程。不同时段的工作内容相互连接，引发我的思考：旅客提出的实际需求和小组讨论如何更好地相辅相成？课堂上同学们的提问，是否可以作为技术突破的方向之一？

人活的是一种精神，精神不是用来说的大道理，而是脚踏实地的实干。对我来说，千方百计把这件事情做好，就是精神的力量。铁路客票的迅速发展，关键是得到铁路各级部门的重视，更有前辈和全体同事的努力，就我们某个人是干不了的。

为人民群众提供更加美好的出行服务，是初心使命，更是人民给予我的信任和重托。作为一名铁路科技工作者，我深感责任重大、使命光荣。

单杏花用自己的深情和执着，为铁路12306谱写了一首最动听、最感人、最悠长的壮歌，也为自己的人生谱写了一部壮丽诗篇！

2024年初，北京迎来一场突如其来的大雪。雪花纷纷扬扬，给整个城市披上了一层洁白的银装。然而，对于单杏花来说，这场雪却带来了意想不到的遭遇。

单杏花的脚伤刚刚痊愈，没想到在下班途中，又不慎滑倒在冰雪覆盖的道路上，导致腰部受伤严重。这次意外让她连简单的翻身和起坐都变得困难重重。起初，她心急如焚，手头上还有那么多亟待处理的事务，她也只能躺在床上通过电话处理。有时候电话说不清楚，团队的年轻人就抱着笔记本电脑跑到她病床前，一起讨论研究。焦虑不安的情绪让单杏花难以平静，她只能尽量调整心态。一天，她发现天空格外碧蓝，阳光透过窗户洒在床上，温暖而明亮。她注意到窗前的梧桐树上有两个鸟巢，时不时有鸟儿在枝头上欢快地歌唱。这些平时被忽略的细节，此刻却成了她眼中的惊喜。

躺在床上的日子，单杏花有了更多时间去思考。回想起自己在铁科院集团公司工作的点点滴滴，如同电影般在脑海中一幕幕回放。她回想着过去的工作经历，总结着经验、梳理着不足，思考着铁路 12306 的下一步发展方向，畅想着未来的美好愿景。这些思考让她信心百倍，这场意外也让她有机会重新审视自己，更让她学会在困境中寻找希望和美好。

她把所思所想记在日记本上，整日以书为伴，充实而满足。随着身体逐渐康复，如今，单杏花的脚步更加坚定，心底充满阳光。她感激这场意外带来的成长和收获，也对未来充满了期待和希望。

杏花春雨入心田

初春的午后，天朗气清，铁科院集团公司院子里的花草树木焕发着勃勃生机。12306团队新来的员工跟着单杏花，沿着茅以升路漫步，不知不觉就来到了院史馆。

铁科院集团公司的科技工作者们没有忘记茅以升老院长这位丰碑式的拓荒者，他们将铁科院集团公司内的主干道命名为“茅以升路”，并在2015年院史馆建成时用一个独立的展厅来展现茅以升辉煌的一生，情真意切，感人肺腑。

展馆内摆放着茅以升当年用过的物品，从参会才穿的白衬衫，到日常用的水壶，从各种化学仪器，到曾计算过钱塘江大桥数据的手摇计算器……单杏花向新员工们深情讲述着茅以升几十年的工作历程，心中满怀敬佩之情。

凝望着茅以升雕像，单杏花深情地说：“茅老是兼具民族性和世界性的一代宗师，他的智慧与成就、人格与德行，连同他与时代肝胆相照的践行，已经深刻地融入国家繁荣、民族复兴和世界大同的进步浪潮。今天，我们最重要的就是要学习他宅心仁厚的德行，尽心知性的修为，家国天下的情怀，忠恕任事的作风，求真务实的品格和开拓创新的勇气，茅老‘爱国、科学、奋斗、奉献’精神要世代弘扬。”

是啊，百年之前，中国铁路装备落后、路不成网、任人摆布、支离破碎。如今，我国铁路已是纵横交错、四通八达、人便其行、货畅其流，不少专业领域已达到或引领世界先进水平，铁路人自信满满地踏上了“走出去”的历史征程。

技术更迭，精神永续。在新时代铁科人身上，茅以升老院长等老一辈科学家“一心为国，不懈奋斗”的精神与当代铁路科技工作者干劲足、激情高的拼劲都体现得淋漓尽致。

铁路事业之所以有今天，是几代人不懈努力的结果。铁路客票系统之所以能取得一些成就，最重要的就是前辈们倡导并培养出的一支高水平的专业人员队伍，为日后的发展打下了坚实的基础。

在 12306 团队中，单杏花作为团队的“大家长”，深知一个团队的成功离不开有效的管理。她开始思考如何带好这支铁路客票的精干团队。如果把铁科院集团公司比喻为一棵大树，那么每一名员工都是这棵大树上的一片绿叶。单杏花认为自己与这棵大树是不能分离的：“12306 是我人生的重要构成，我也是它的一部分。”铁科院集团公司的每一个人，在他们身上表现出的理想和精神，都与这个整体的理想和精神息息相关。那就是“人民铁路为人民”，从某种意义上来说，能够坚守在这里的人，都值得尊敬和珍惜。

一直以来，铁科院集团公司坚持“科技是第一生产力、人才是第一资源、创新是第一动力”，着力建设好青年人才培养的源头工程和系统工程。激励青年科技工作者以昂扬向上的精神面貌、创新创造的拼搏风采投入铁路科技创新事业，为勇当服务和支撑中国式现代化的“火车头”贡献青春力量。

在12306团队中，新员工是新生力量，更是赓续发展的源头活水。为了帮助他们平稳过渡，让新员工能够更加快速地熟悉环境、融入团队，单杏花会提前了解每名新员工的未来工作方向，并为其选配政治素质过硬、技术能力精湛的党员骨干作为职业导师进行领学帮促，并在团队内部建立了导师负责制的“传帮带”制度，帮助他们系好职场的“第一粒扣子”。

“吸收进来的都是好苗子，我不能辜负他们，希望能够搭建更多平台帮助他们成长。”基于这个朴素的想法，单杏花针对团队成员分工差异、年龄结构差异，与相关成员一起开启了技术与管理全覆盖的12306学堂，讲师和学生均来自12306团队。

12306学堂，设在铁科院集团公司研一楼505室，在这间教室，坐在身边的“同学”，可能也是另一门课程的专家。

单杏花利用12306学堂这个平台，针对性设计课程，组建金牌讲师团，帮助新入职员工能够全方面了解客票工作，充分认识到自己未来的工作价值，也为他们搭建与优秀技术专家的交流平台。

此时，单杏花身着一身蓝色的工作服，正在台上讲课，台下的人聚精会神，听得认真入迷，她还时不时地进行互动，课堂气氛活泼轻松。她温柔优雅的嗓音和娓娓道来的授课方式，深受团队成员的喜爱。

几年前刚踏入铁科院集团公司的张启蒙，正是在听了单杏花的课程后，对铁路的兴趣更加浓烈了，变成一个十足的“铁路迷”。团队中的很多青年在单杏花的引导下，对自己的工作都有了更加深刻的认识。

“看着现在新入职的青年职工，就像看自己的孩子。他们大多是‘90后’‘95后’，对待他们要转变思维，讲究培养方法。”每当说起他们，单杏花眼里总是充满着期盼，“我希望让他们一入职就认识到，这不仅是一份养家糊口的工作，还能让他们学到技术，能帮助大家成长，这是一项能为社会创造巨大价值的事业，非常有意义。”单杏花就像一棵蒲公英，她的热忱之种已经吹入每一位12306团队成员的心中。她希望青年职工都能用自己的热爱去守护好人民的美好出行路，为铁路科技事业贡献自己的力量。

在团队成员的眼中，这位“大家长”既有技术专家的扎实功底和前沿思维，亦有着一份别样的体己与温情。她不仅是一位知心姐姐，更是可亲可敬的亲人。在这个大家庭里，她以女性的细心和温柔，让大家处处感觉到温暖体贴。

为了解压放松、锻炼身体，单杏花经常鼓励大家多多运动。每当周末来临，她都会说：“这个周末，大家都去晨跑啊！”听到这句话，团队成员们立刻兴奋起来，纷纷表示赞同。

“晨练结束，我请大家吃早餐！”单杏花话音一落，就有人调皮地举手，“我同意，我还要带上家属。”大家都哈哈大笑起来。

这样的场景常常发生在12306团队中，单杏花的倡议不仅激发了团队成员的运动热情，也增进了彼此之间的交流和友谊。

就这样，在单杏花的倡议下，12306团队中的跑步爱好者自发组建了“跑团”。每个周末，“跑友”们相约奥森公园，在奔跑中释放心情，欣赏沿途风光。每次跑完步，单杏花喜欢和大家一起聊聊天，分享跑步途中的美景。她用积极向上的态度和乐观开朗的性格，激励着团队成员不断追求进步和突破自我。

除了跑步，单杏花还鼓励团队成员参与其他形式的运动，让团队成员在运动中感受团队合作的力量和快乐。

12306团队中的王梓在工作中十分出色，但由于久坐且不喜运动，体重不断增加甚至出现了健康问题。为了帮助王梓恢复健康的体魄，单杏花总会邀请他一起运动，在饮食方面也会经常提醒他，并监督他及时调整生活习惯。现在这个小伙子成功减重，身体和精神状态都焕然一新。他健康状况的改善也带动了整个团队的积极性，大家开始更加重视健康生活。在这个氛围下，团队还组建了乒乓球、篮球、羽毛球、爬山等兴趣团队，并利用工作之余的碎片时间，定期开展趣味运动。

在单杏花的努力下，12306团队不仅取得了一系列成绩，更有一批业务精湛、技术过硬、体魄健康的团队骨干崭露头角。

在阳光下共同成长

“铁科院集团公司经过几十年的发展，已经形成了自己独特的精神传统，正是这个精神传统把大家感召成为一个集体。”

“我们这些铁路人共同沐浴着时代的阳光，汲取大地的养分，共同抵挡风沙和岁月的侵蚀。”

单杏花从自身的成长经历，深知若想得到大成长，必须得扛大项目。12306 团队中，很多“硬骨头”“重担子”都是由青年职工负责。在各类重大项目不断顺利完成实施的同时，一批铁路系统的科技之星也在冉冉升起。

吕晓艳，现任铁科院集团公司电子所研究员、客票收益管理部部长，是单杏花培养和指导的一位团队成员。2004 年，她作为客票培养的在读研究生加入了这个团队。面对陌生而丰富的客票业务、强大而繁复的客票功能，她一时间感到有些茫然和手足无措，不知道该如何选择研究切入点开展工作。

那时，正值铁路客票系统 5.0 版本升级前的关键研发阶段，时间紧迫、任务繁重、人手紧缺。吕晓艳看着团队的其他伙伴每天热火朝天地投入研发，她十分羡慕，希望自己也能快速融入应用开发工作，为旅客提供更好的购票服务。

于是，她把自己急切的心情和想法向单杏花做了汇报。单杏花微笑着点头:“晓艳，我知道了啊。回头我们商量商量，看看怎么安排。”然而，单杏花并没有给她安排过多的开发任务。

之后的一天，单杏花带着吕晓艳去参观了当时的铁道部假日办。吕晓艳对此感到有些困惑，心想:“我们现在忙得团团转，我却到这里参观，跟业务也没有关系，太浪费时间了。”

当他们看着假日办厚厚的统计报表，单杏花语重心长地对晓艳说:“这里是客票系统向内提供管理服务的地方。销售好车票是客票系统对外服务好旅客的承诺，但组织好车票销售工作，让现在还不富裕的运力资源得到更为有效的利用，是客票系统对内服务好客运管理部门的另一项重要工作。这部分工作现在我们刚刚起步不久，需要大家一起发挥聪明才智，让眼前这些厚厚的报表能自动、智能地为管理者提供票额调整、运力补给的决策依据，让旅客在不知不觉中享受铁路越来越优质的服务，是我们铁路科研人员的责任。”

正是这段话深深影响了吕晓艳，原来一张火车票的背后，除了人人看得见的售票程序外，为旅客提供“润物细无声”服务的辅助工作还有这么多!

吕晓艳顿时懂了单杏花的一番苦心。一颗铁路客票营销的好种子悄然播下，“啃下这块硬骨头”的想法，让她选定了客票营销这一科研方向。

铁路客运是一项工序多、链条长、各环节环环相扣、共同发挥作用的工作。客票营销是一项以客票系统数据为主的客运统计分析工作，旨在帮助铁路客运管理人员了解客运生产情况，发现客运市场供需矛盾点，为运力调整、票额组织提供决策依据。

从2004年开始，吕晓艳便在单杏花的指导下从基础的客票数据业务核对、统计报表设计与制作开始，脚踏实地地研究铁路客票生产数据分析。经过8年的培养与锻炼，她已经成长为一名专业的客票分析人员。2012年，铁路客票系统5.2升级后支持全国铁路实现列车席位集中管理，同时，武广高铁投产运营，这为铁路售票组织奠定了良好的系统基础与运营环境基础。

眼看时机成熟，单杏花便找来王洪业、吕晓艳等人，兴奋地说道："现在，列车的全部席位实现集中管理，针对票额组织管理与效率问题我们有了可以解决的系统环境。是我们探索研究铁路客运新的售票组织模式的时候了，用我们营销分析的结果，指导我们对发现的售票组织中人工管理不合理的地方进行调整；或是直接用我们分析的结果，为未来的售票组织打个样。让客运管理人员在这个基础上实施精细化管理、保证效率和质量的提升，你们觉得怎么样？"经过单杏花的指导，吕晓艳开始用生产数据指导实际业务生产的探索性决策应用。从最初的4趟武广高速列车，到武广高铁试点、北京铁路局试点、全国铁路普速列车试点，直至票额投放管理相关应用全面铺开，十余年的坚持，那个初时对未来还不十分清晰的青年，已成长为中国铁路运营决策知名专家。

看到吕晓艳的成长，单杏花颇感欣慰。

单杏花深知青年是社会的希望和未来，因此在工作中十分重视对青年骨干的培养。基于自己的成长成才经验，单杏花积极实施青年种子计划，在各个关键领域成立互联网青年科技攻关等15支攻坚团队。她搭建了一个平台，给予青年骨干更多的机会和挑战，让他们在重大项目和一线攻关过程中锻炼本领、担当作为。通过这种方式，一批又一批的青年骨干成长为独当一面的后继者。

铁路青年五四奖章获得者王拓也是其中一位突出代表。他和12306系统共同成长起来，入职不久就接到了一项具有挑战性的任务——优化余票票价的运算逻辑。当时的王拓对技术和业务的熟悉程度还比较有限，但他有幸得到了单杏花的指导和支持。

王拓回忆说：“单总很喜欢和我们讨论，技术水平也很高。”单杏花建议引入分布式内存数据库技术来提高运算效率。这个建议让王拓深受启发，他开始研究并尝试应用这项技术。经过一段时间的努力，余票票价运算的平均耗时从秒级降低到毫秒级，12306系统的并发处理性能得到了极大的提升。

随着12306系统的不断升级和完善，铁路部门将其积极融入综合交通发展的整体进程。在这个过程中，推出了全新的交通理念——出行即服务（Mobility as a Service，简称 MaaS）。这个理念强调将各种交通方式整合在一起，为旅客提供更加便捷、高效的出行服务。

单杏花指导的第一位研究生，现在是客户服务部骨干的翁湦元，他表示："单老师带领我们多次前往铁路局集团公司和航空公司进行调研，主动寻求与航空公司的深度合作，探索'空铁联运'的新模式。"在调研过程中，他们发现在某些场景下，机票出票存在短时延迟，而火车票出票则是实时出票。这导致航空出票和铁路出票之间产生时间差。如何让这两种业务逻辑不同的交通方式实现"同时售票"，真正实现"空铁联票"，成为他们面临的最大问题。

为了解决这个问题，单杏花带领翁湦元等团队成员开始新一轮的技术攻关。他们持续不断地进行多轮设计、验证、优化，以适配多家不同航空公司票务系统的接口规范。最终，他们确定并设计了一种同步、异步混合模式的业务流程，成功解决了出票时间差问题。同时，他们还实现了联运票出票失败和超时异常情况的兼容处理。

空铁联运同时出票的问题得到解决后，单杏花又带领翁湦元等团队成员继续开展了联运方案设计的研究。最终，他们构建了基于高铁综合交通枢纽的智能化旅客联运服务技术。这使飞机和高铁能够"牵手成功"，旅客可以根据自己的偏好和实际情况选择合适的联运方案。

在这个项目中，翁渥元得到了充分的锻炼，也成长为综合交通发展进程中的一名创新拔尖青年。谈到单杏花，翁渥元感激地说:"单老师为客票青年人的成长成才打造了一片广阔的天空，为奋发的青年人插上了腾飞的翅膀。"

春风化雨，诲人不倦。二十余载的科研学习与工作实践，单杏花想把经验传授下去，让青年人发展好这份凝聚着铁路科技工作者心血的基业，继续守护好这个实现人民美好出行愿望的民生系统。十多年来，她提携后学，指导学生开展了很多关于铁路信息化领域的前瞻性研究，持续为铁路系统培育高水平科技人才。

铁路的现场业务是多种多样的，涵盖了从基础设施建设到运营管理的各个环节。因此，要想在这个领域取得成功，不仅需要掌握大量的理论知识，还需要具备丰富的实践经验和技术能力，这也使得铁路科技人才的培养周期相对较长。

单杏花的经历就是一个典型的例子，她的学生大多数也都是在工作过程中逐渐成长和发展起来的。对于那些勇于钻研、勤奋上进的青年人，单杏花总是忍不住多给予一些指导和帮助。她会毫无保留地将自己的知识、技术和经验传授给他们，希望他们能够在铁路信息化领域取得更好的成绩。

然而，对于那些想要继续深造的青年人，单杏花的心情却是复杂的。一方面，她为他们能够主动向铁路信息化领域深入学习研究而感到欣喜。另一方面，她也为他们的未来担忧，因为这条路并不轻松，越往前走，难度越大，越需要更为扎实的基础、更加坚定的信念和勇往直前的精神。

单杏花希望从这些青年人的眼中，看到自己当年的坚定，那种为了理想和事业而不懈努力的精神和勇气。她相信，只要他们能够坚持下去，就一定能够在铁路信息化领域取得更加辉煌的成就。同时，她也期待着自己能够在这个过程中发挥更大的作用，为培养更多的优秀铁路科技人才贡献自己的力量。

武晋飞是单杏花指导的第一位博士生。他清楚地记得，10年前第一次向单杏花提出想要读博时的情景。当时，单杏花问他:“你为什么要读博？”武晋飞的回答比较泛泛，只是觉得刚硕士毕业，有一定的研究基础，想继续深造和提高。

面对这样一个初出茅庐的小伙子，单杏花告诉他:“在铁科院集团公司读博会更加辛苦，不仅需要深入开展理论研究，更要将理论与实际相结合，解决铁路发展中亟待解决的问题。”这番话让武晋飞似乎有所领悟，他开始认真思考自己的研究方向和目标。

在之后的工作中，单杏花一直鼓励武晋飞坚持下来。欢迎他常来工作室看看，并与他分享自己的经验和见解。

单杏花创新工作室里面分门别类地摆放着很多书刊，随便抽出一本，都密密麻麻地标记着单杏花的心得体会。每次来工作室借阅还书时，单杏花都会和他聊一聊读后感。在聊天过程中，武晋飞发现单杏花经常提到当前铁路客运产品设计、开行方案优化信息化进程的缓慢，编制的方案有时无法适应动态市场需求。单杏花认为要实现旅客“走得好”，必须要从根本上实现供需动态平衡，即实现运力投放精准适应市场。在一次次讨论中，武晋飞感受到单杏花对旅客乘车的牵挂，也认识到运用系统自动生成与市场需求匹配的列车开行方案的重要性。

在工作中，他开始有意识地开展一些关于列车开行方案的研究，单杏花也会经常与他讨论。这位当年的懵懂小伙，在单杏花的引导下，将铁路亟须解决的问题选定为自己的研究方向，并如愿成为单杏花的第一位博士生。

在列车开行方案的研究过程中，由于铁路的巨大路网规模和诸多因素的影响，尽管已经进行了多年的研究，但现有的模型算法仍然无法在实际操作中得到有效的应用。这个问题一直是压在武晋飞心中的一块石头，尤其是在过去的几年里，这也成为单杏花最关心的领域。武晋飞表示：“单老师在我读博的过程中，对我的指导非常细致。她对问题的思考总是更加深入和透彻，总能给我一些具有前瞻性的意见和建议。”单杏花提出运用大数据技术持续跟踪和全面分析全路旅客列车开行方案，挖掘分析真实的客运需求，并根据当前的匹配水平，对不同等级列车的开行结构提出优化调整的思路，为武晋飞的研究和工作提供了很好的启发。

从路网资源管理的角度出发，通过能力计算、开行方案设计、运行图评价等多个环节，再到数据结构设计、数据维护，以及系统功能设计，单杏花带领武晋飞等学生一步步坚定地向前。在这个过程中，他们不断学习、探索和实践，力求为铁路列车开行方案的研究和应用提供更加科学、有效的方法和手段。

“头脑风暴”是单杏花和学生们在一起时非常喜欢开展的一种模式。在讨论中，大家畅所欲言，集思广益，解决问题的效率也比较高。一次从运行图编制会场回来的路上，她和学生聊到了调图期间离线和在线数据同时存在，对数据统一管理和整合造成极大不便的问题。单杏花仅用了回程的时间就和大家讨论出解决方案，提出了彻底解决这个难题的思路。

操千曲而后晓声，观千剑而后识器。

单杏花总是鼓励学生要多去现场，在实践的过程中发现并解决问题，做到“学研用”融合。她说:“在我们这里读研的学生，都会参与到具体的科研项目中，跟着团队的步伐一起走。在这个过程中，无论是理论水平，还是技术技能，抑或是对业务的理解，都能得到迅速提升。”单杏花教给学生的不只是铁路科技前沿领域知识，还有执着的探索精神。

1997 年出生的何靖婷，是一位才华横溢的女孩，硕士毕业后进入 12306 出行服务部工作。

在 12306 这个大家庭中，何靖婷感受到了浓厚的工作氛围和团队精神。她说出了自己的心声:“能够成为 12306 团队的一员，我感到非常荣幸和自豪。单总作为我们的领导，她不仅善良、耐心、温柔，还非常果敢和坚韧。在工作中，她总是细致入微，追求高效率和高质量地产出。而工作之余，她也不忘关心团队成员的生活状态，总是耐心倾听我们的声音，了解我们的需求。她就像团队中的阳光，无论我们遇到什么困难和挑战，她总能给予我们最有力的建议和支持。在她的关怀下，我们每个人都能感受到力量和勇气。”

何靖婷还记得，2023 年五一劳动节的售票高峰期，单杏花和团队一起加班到很晚，共同整理材料和数据。当传来“今年五一客票发售量再创新高”的喜讯时，单杏花激动得像个小女孩一样，她满怀热情地说:“我们又打破了纪录，这说明我们的系统越来越强大了！”何靖婷看到单杏花那充满骄傲的眼神，这种自豪感也深深感染了她这位新入职的客票员工。回想起单杏花为铁路客票事业奉献的岁月，何靖婷深刻理解了单杏花对这份工作的珍视之情。她被单杏花的喜悦所打动，也为自己能成为这个不断进步的团队的一部分而感到自豪。

不驰于空想，不骛于虚声。如今的 12306 团队，正如单杏花所说的那样，“12306 就像是铁科院集团公司这棵大树上的枝条，我们这些绿叶在蓬勃的枝条和葳蕤的大树一起向上生长。”

12306，永远在路上

2017年10月18日，单杏花一生中最难忘的时刻，当她站在人民大会堂门口时，她深有感触地说道："我的灵魂受到了一次庄严的洗礼，能够当选党的十九大代表是我一生的荣幸，聆听习近平总书记的报告，让我倍受感动、倍受鼓舞、倍感振奋、倍增信心。"

"创新是引领发展的第一动力，是建设现代化经济体系的战略支撑。十九大报告中的这些内容为铁路发展指明了方向，也为铁路科技创新指明了道路。"无论是在电视台演播大厅还是机关礼堂，无论是在铁路基层单位还是建设工地，单杏花朴素而动情地讲述自己的心声，表达对铁路事业的爱恋。是的，怀着深深的爱恋，单杏花说得最多的一个词就是"创新"。如果说单杏花二十多年的职业生涯的关键词是"创新"，那么这个词已经融入她的血液和意识之中。

"习近平总书记说过，'人民对美好生活的向往，就是我们的奋斗的目标'。对于我们来讲，广大旅客的需求就是我们努力的方向，也是我们技术创新的最大原动力。我想，不论千难万难我们也要克服困难，不论千苦万苦我们也要持续奋斗，这确实是铁路创新的理念先导，也是我们铁路创新的信念支撑。""我们的目标只有一个：那就是让旅客的出行体验更美好！"

近年来，单杏花先后获得铁路青年科技拔尖人才、中央国家机关青年五四奖章、火车头奖章、全国三八红旗手、新中国成立70周年最美奋斗者、新时代铁路榜样和最美铁路人等荣誉。2019年初，在"新时代铁路榜样""最美铁路人"宣传发布和巡回报告中，榜样们的力量引起铁路内外干部职工和莘莘学子的强烈共鸣。她说自己是"山窝窝里飞出的一只小小鸟"，是共和国的铁路事业成就了她，是网络信息时代的大环境历练了她，是铁科院团队这个大熔炉锻炼了她，成就了她……

2023年7月28日，第二届大国工匠创新交流大会暨大国工匠论坛在北京举行，单杏花作为"火车头劳模和工匠人才创新工作室"带头人代表，携智能铁路成果参展。这些科技成果备受瞩目，其中车站智能服务机器人的亮相，吸引了不少观众的互动。通过"刷脸"验证，这款机器人不仅能查到旅客对应的检票口等各种信息，还能为他们带路。

车站智能服务机器人配置27英寸高清大屏和10.1英寸头部显示屏，支持语音交互、双屏互动。同时，基于站车交互网的4G/5G无线通信实现车票查询、车次信息查询、站内导航、检票信息查询、车次正晚点、车站通知展示等功能，可为旅客提供快速、便捷的查询服务，显著提高客运服务质量，提升旅客出行体验。

单杏花介绍说："车站智能服务机器人后台系统主要由站车交互接入区、客票网应用接入层、语音交互服务、业务服务等部分组成。其中，站车交互接入区提供注册认证、移动设备管理、接入服务等功能，机器人首次部署须在站车交互接入区进行注册，才可以进行访问后台的业务服务。客票网应用接入层由语音交互接入服务、人脸识别接入服务等服务组成。语音交互服务提供语音识别、语音合成、语义解析等功能。业务服务包括人脸识别查票、车站大屏、车次信息、检票信息等服务。机器人由头部显示屏和中部大屏组成。其中，头部显示屏支持触摸操作和语音交互两种方式，支持车票查询、车次信息查询、车站服务、检票信息查询等功能；中部大屏支持信息显示，支持车站大屏展示、车站通知广播展示。"单杏花还告诉大家，"这种'自助机器人'已经在长沙等多个火车站正式上岗了。"

时光荏苒，2024 年悄然而至，中国铁路迎来了崭新的发展机遇。铁路 12306 将接续奋斗、继续拼搏，为广大旅客提供更加便捷、安全、舒适的出行服务。

新年伊始，万象更新。2024 年 1 月 3 日零时，登录 12306 手机 App 的旅客，惊喜地发现铁路 12306 又增加了两项新功能：购票需求预填和火车票起售提醒订阅。

单杏花解释："目前，火车票预售期为 15 天。购票需求预填功能上线后，旅客朋友可于车票起售当日，预先填写乘车人、车次、席别等信息，在车票开始发售时一键提交订单并完成支付，使旅客购票更便捷。同时，铁路 12306 系统还推出了起售提醒订阅功能，旅客朋友可根据车票起售时间，提前通过系统设置多个提醒，以便及时提交购票订单。各趟列车的车票起售时间可通过铁路 12306 系统查询。”

这两项新功能推出后，广大旅客的购票体验进一步提升，12306 团队也更好地维护了公平公正的购票环境。

2024 年春运期间，全国跨区域人员流动量超 84 亿人次，创下历史新高。而在春运之前，12306 团队就已做好了充分的准备，他们坚守一线、顽强拼搏，以科技支撑铁路运输安全稳定，把巩固拓展学习贯彻习近平新时代中国特色社会主义思想主题教育成果应用到春运保障各项具体工作中，以实际行动践行“人民铁路为人民”的宗旨。12306 团队持续优化完善系统功能，不断上新服务举措，让旅客购票更便捷。

2024 年铁路春运自 1 月 26 日开始，到 3 月 5 日结束，为期 40 天。1 月 23 日，铁路 12306 系统开始发售 2 月 6 日（农历腊月廿七）车票，全国铁路共发售车票 1893.7 万张，进入春运节前售票高峰。1 月 25 日，12306 系统单日最高访问量达 830.3 亿次，共售出 2090.1 万张票，创下春运售票新纪录，12306 系统每次访问的平均响应时间为 1.4 秒。

1 月 26 日春运首日，各大媒体聚焦铁科院集团公司，纷纷报道铁路 12306 系统车票发售情况、服务新功能、系统安全保障情况。“我们通过上线购票需求预填、起售提醒订阅、升级候补功能、提供中转换乘建议，学生和务工人员专区预约购票等服务功能，丰富铁路 12306 系统信息通知服务内容，进一步改善旅客购票出行体验。”单杏花向媒体介绍说。

打开铁路 12306 手机 App 就会发现，购票页面再次进行功能更新，新版购票页面可显示折扣信息，让旅客更加方便了解实时票价变化。而且，购买卧铺票还可在线选铺，更暖心的是，60 岁以上老人优先下铺。“在票量充足的情况下，系统自动识别 60 岁以上的老年旅客并优先安排下铺。如果是多人同行一份订单，12306 系统也会自动分配相邻铺位。购票过程中，如果老年旅客无法提供手机号码，可提供家庭联系人的手机号码进行核验。”单杏花解释道。

那么客流高峰期若无法买到直达车票怎么办？单杏花说：“旅客可采用购买联程票，也就是通过分段乘车的方式满足出行需求。铁路 12306 系统将根据旅客出行需求和余票情况，智能推荐有余票的中转换乘方案。铁路部门已在 120 个主要车站设立站内中转换乘便捷通道，安排车站工作人员做好引导服务，旅客无须出站即可进入候车室候车。”

还有一系列的新功能上线，比如，此次新增的静音车厢列车，包括北京西站至兰州西站 G91/92 次，北京西站至西安北站 G55/56、G57/58，上海虹桥站至深圳站 G997/998 等，一共新增 35 列，总数拓展至 72 列。

单杏花特别嘱咐道：“购买静音车厢的车票，旅客需要打开铁路12306手机App，设置静音车厢的车次会有‘静’字作为提示，购买时旅客可以勾选下方‘请优先为我分配静音车厢席位’的选项，阅读温馨提示内容点击确认后提交订单，系统会在有余票的情况下，自动分配静音车厢车票。”

这些新功能的推出，将让旅客出行更加舒适和从容。

单杏花自豪地说：“未来的高铁应该更加便捷、舒适和温馨。从信息技术的角度来看，高铁的境界应该是‘知您所想，予您所需’。我们将充分运用云计算、大数据、物联网、移动互联网和人工智能等信息技术，为旅客提供全方位、智能化的出行服务。无论是购票、候车还是乘车过程中，旅客都能够享受到更加智能化和个性化的服务体验。”

“知您所想，予您所需”。这意味着高铁不仅仅是一种交通工具，更是一种能够满足旅客需求并提供舒适体验的服务。

路漫漫其修远兮，吾将上下而求索。

杏花春雨，铁路12306仍然在路上。

潮平两岸阔，风正一帆悬。铁路12306将像一列在大美神州驰骋前行的复兴号高铁列车，为旅客出行更美好持续不断地努力，奔向更美好的未来！